影梅庵忆语

〔清〕冒襄/著

关熙潮/主编

辽宁人民出版社

图书在版编目(CIP)数据

影梅庵忆语/(清)冒襄著. — 沈阳:辽宁人民出版社,2020.10
("纸短情长"三部曲/关熙潮主编)
ISBN 978-7-205-09863-6

Ⅰ.①影… Ⅱ.①冒… Ⅲ.①古典散文—散文集—中国—清代 Ⅳ.①I264.9

中国版本图书馆 CIP 数据核字(2020)第 119673 号

出版发行:辽宁人民出版社
地址:沈阳市和平区十一纬路 25 号 邮编:110003
电话:024-23284321(邮购) 024-23284324(发行部)
传真:024-23284191(发行部) 024-23284304(办公室)
http://www.lnpph.com.cn

印　　刷:	辽宁星海彩色印刷有限公司
幅面尺寸:	130mm×185mm
印　　张:	7.5
插　　页:	8
字　　数:	132 千字
出版时间:	2020 年 10 月第 1 版
印刷时间:	2020 年 10 月第 1 次印刷
责任编辑:	高　丹
封面设计:	今亮后声
责任校对:	冯　莹
书　　号:	ISBN 978-7-205-09863-6
定　　价:	39.80 元

「纸短情长」三部曲之——《影梅庵忆语》

一生清福,九年占尽,九年折尽。

秦淮河畔,名士佳人,歌舞喧嚣,盛极一时。

「君屡过余仅一见,昔年曲栏醉晤人。」
冒襄与小宛初见匆匆,再见已是物是人非。

乱世流离,各自为难。初见「余惊爱之」,然往事昙花担不起余生之重。

「委此身如江水东下,断不复返吴门!」

倦鸟栖枝,且钟爱此一枝。就算风摇树晃,跌落成泥,也心甘无怨。

鸳鸯湖上烟雨楼,冒襄与小宛曾在这里游览一整天。
寻山访水,乃烟火人间的一大乐事。

水绘园,有亭台水池藩篱,枝叶繁茂,盘根连理。

理书画、品香茗、修花木、烹珍馐,水绘园的生活有多美好,回首追忆时就有多心痛。

战乱迭起,颠沛流离,数度迁徙,饥寒风雨。

"物外人外,鬓影可倚。"

烟柳深处中来,破败山河中去,董小宛是真正的「出淤泥而不染,濯清涟而不妖」。

董小宛初到冒家,被安排进的"别院",即是影梅庵。

影梅庵,是小宛来时处,归去处。

「子归何处,我谁与群。翼鸟迷林,比鱼失濑。朝不辨明,夕不省昧。」

冒襄对小宛的深情,终于在她水滴石穿的坚守中萌芽,在天人永隔时疯长,在悲悼回溯中确定。

「余一生清福,九年占尽,九年折尽。」
冒襄书哀辞,悼亡姜,开忆语体之先河。

目 录

译 序　　　　　　　　　　　　　001

[译文及译记]

◇ 卷一译文　　　　　　　　　003
◇ 卷一译记　　　　　　　　　019
◇ 卷二译文　　　　　　　　　033
◇ 卷二译记　　　　　　　　　041
◇ 卷三译文　　　　　　　　　049
◇ 卷三译记　　　　　　　　　065
◇ 卷四译文　　　　　　　　　085
◇ 卷四译记　　　　　　　　　095

[原　文]

◇ 卷一　　　　　　　　　111
◇ 卷二　　　　　　　　　121
◇ 卷三　　　　　　　　　127
◇ 卷四　　　　　　　　　139

[书　后]

书影梅庵忆语后　　　　　147

雾锁秦淮　董白疑案寻踪　149

红兰受露　冒襄与吴姬　　165

朴巢往事　冒襄生平简记　173

为欢几何　对望《浮生六记》　193

《影梅庵忆语》年谱　　　225

董小宛诗作精选　　　　　229

译　序

2020年年初，连日闭门不出，编译工作得以在隔绝状态下进行。《影梅庵忆语》成文至今已有三百余年，原文仅万余字，但它是个宝库，包藏着大量的历史事件、诗词典故、民俗传统、逸闻传说，不可潦草地进行文字置换。责任之重，意义之大，可想而知。

清朝初期，中国文坛兴起怀旧风潮。明朝遗民鲜谈政治，恐言语失当有性命之虞。于是，"怀旧"成了一大主题。明代种种旧事，成了许多文人的写作素材。

明末乱世，秦淮一带笙歌不辍，名士与名妓缠绵悱恻，风流佳话旷世少有。李香君、柳如是等人的传说，皆起源于这一时期。曾为"明末四才子"之一的冒襄，以《影梅庵忆语》开"忆语体"之先河，追忆了他和亡妾董小宛的爱情故事。董小宛,"秦淮八艳"之一的绝色名姝,二十八岁病卒,她短暂而传奇的一生,至今引人遐思。

冒襄曾卜签问卦,得一"忆"字。小宛离世后,冒襄方悟得命运玄机,遂透支文才,含泪泣血写下了《影梅庵忆语》,纪念与董小宛九年相伴的短暂光景。

余一生清福,九年占尽,九年折尽矣。

《影梅庵忆语》问世之初就引起轰动,日后也盛传不衰,不断再版。遗憾的是,原刻版本早已年久散佚,翻刻诸本种类繁多,历经流变,从康熙三十九年(1700)的《虞初新志》本,再到乾隆三十八年(1773)的《影梅庵传奇》本、"民国"时期的单行本,皆各有错漏、不尽相同。现在广为流传的版本,多是道光年间的别集本,有多少出入谬误,无从考证。

全文原本不分章节,以回忆为线,笔走龙蛇,实则匠心独具,布满草蛇灰线。尤其适逢明清鼎革之际,作者亲历甲申事变,从莺歌燕语到流亡四散,满纸命运沉浮,小情感置于大时代,平添了沧桑悲凉之感。

在编译过程中，为了更符合当代读者的阅览习惯，特截断了原来的线性叙事，大胆地将既成的四卷再度分块，段落也打碎重组，根据行文节奏划分结构，在形式上靠近现代叙事散文；同时保留原文中的重要典故，附以注解，兼顾通俗性与文化性。

由于年代久远，原文的措辞语法有多处晦涩难解，只能力求严谨。结合前后行文和叙事指向，斟酌判断，惶惶落笔。如有错处，敬请批评指正。

正如前文所说，《影梅庵忆语》是个宝藏。再打个比方，它不是粒珍珠，它更像颗钻石，要轻轻捏在指尖旋转，每个切面都闪烁着晶莹辉芒。如若仅仅当成风流韵事、爱情传奇来读，着实是浪费和辜负。因此，本书参考了余怀的《板桥杂记》、日本学者大木康的《明清文人的小品世界》、冒氏后人冒广生先生的《如皋冒氏丛书》、孟森的《董小宛考》等珍贵文献，并结合冒襄《朴巢诗文集》等存留于世的诸多著作，还有坊间的野史传闻，对《影梅庵忆语》进行了深入的挖掘和全面的拓展。在译文的基础上，每卷都附有"译记"一篇，亦有各个角度的研究分解，层层抽丝剥茧，力求帮助初读者了解《影梅庵忆语》的文学价值、历史价值和审美价值，并各取所需。

相较于《浮生六记》的编译，这次的难度更大。难度越大，越有意义。曾有争议说，《浮生六记》文辞较为浅显，翻译实属画蛇添足。但我坚信，借由译文降低阅读门槛，进而关注原作，未尝不是件好事。何况《影梅庵忆语》行文更为清正典雅，典故引用不胜枚举，读通读懂实非易事，因而译成白话文是极有必要的。这也是本书附加有声播读版的原因。跨越内容的年代隔阂，拓展文本的呈现形式，让更多人走近这本书，明白它何以在文学星海中熠熠发光。

冒襄究竟是何许人也？改朝换代时，文人士子的处境和选择是怎样的？明清鼎革，历史车轮怎样扭转了普通人的轨迹？董小宛的身世与死因，为何引发后人狂热的臆测与杜撰？"秦淮八艳"的命运，是怎样在交错、并行中各自殊途？《影梅庵忆语》又对后世文学产生了多么深远的影响？

你会找到答案。

◇ 译文及译记 ◇

◆◆◇ 卷一译文
君屡过余仅一见，
昔年曲栏醉晤人。

1
花落

所谓情爱，生于亲近缱绻，因而少不了粉饰作态。

书写情爱，如果也信笔夸饰，那天下就少有真正可爱的人了。何况内屋深屏、光色不露，那些文人，不过是凭着粉饰雕琢、描摹想象，胡编滥造出麻姑神女的奇幻传奇、放浪故事。近来，又有好事者假借雅名，大谈奇情离合之事，使得西施、夷光、文君、洪度这些女子，也因笔墨蒙冤。几乎人人闺中都有这样的书，皆是作者沽名钓誉的恶劣习气。

亡妾董氏，原名白，字小宛，又字青莲。籍贯为秦淮，后迁至吴门。

她身处青楼风尘中，艳名在外，却并非其本色。相识之初，她便决心从我。进了我家门，她的智慧才识开始显露。九年光阴里，上下内外大小，都与她相处得融洽和睦，未曾发生忤逆离心等事。她陪我著书，伴我退隐，助我正妻，精于女红织绣，亲手操持家务，即便在疾苦流离的逃难时期，也能处变不惊，笑对困顿。如上种种，都是真实的她。

而今，小宛骤然离世。我真的不知道，死去的究竟是她，还是我呢！

只见我的妻子茕茕孑立、孤独无措，上下内外大小人等，都悲痛不已。这样的女子不可复得，其聪慧之心、淡泊之性，闻者无不感叹，文人义士都难以与之并论。

我专门写了千篇哀辞追思哭悼，但碍于声韵格律，无法完整地呈于纸上，于是只简单地书写她的生平大概，作为凭吊。

每每痛念、每每回首小宛的一生，我们共度的九年光景，就一并翻涌心头，凝塞双眼。就算我有吞鸟梦花的神来之笔,也不能一一追述还原。泪染纸墨,笔涩暗淡,爱意本就难言难抒,又怎么可能矫饰雕琢呢?况且她对我的爱,出于自心,发乎自然,本就不是亲昵作态之举。

我年已四十,容貌光华不再。还记得十五年前,眉公先生笑我痴迷于胭脂温柔、功名利禄,难道我到了现在这个年纪,还要效仿轻薄子弟,随意谱写艳情诗文,戏弄泉下亡魂吗?如若有深信我的人,能因我的文章,得知小宛的与众不同,那就请上天赐给我鸿文丽藻,以神来之笔报答她吧。

这样,小宛死而无憾,我也应生而无憾了。

2

初识

崇祯十二年(1639)初夏,我去南京应试,跟密之会晤。密之说:"秦淮佳丽,近来有位美女,年正芳华,才色冠绝一时。"

我专程去寻访,未能得见。听说她因为厌倦繁华,带着家人去了金阊。

我科举落第后,到吴门浪游,又屡次踏足半塘寻访她,怎奈她一直逗留于洞庭,没有返回。

当时与她齐名的,有沙九畹、杨漪炤。我每日与两位佳人为伴,独独见不着她。

即将返程离开,我心有不甘,便又去拜会了一次,渴盼能与她见上一面。她的母亲秀惠贤达,对我说:"看你已来过多次了,所幸她此时在,只是小醉未醒。"

等了片刻,她母亲扶着她,沿着花径曲栏款款走来,与我会面。只见她面颜如春色晕染,醉眼正顾盼流转,形貌绝艳,神韵天然。

小宛微醺慵懒,沉默不言,我望着她,只有惊叹爱怜。怕她太疲累,刚匆匆相会,又匆匆别离。这便是我们的初见,那年,她十六岁。

崇祯十三年(1640)夏天,我在影园停留,又想着去见见小宛。有吴门来客,说她已往西子湖去了,还要游黄山白岳,我便只能作罢,没再寻访。

3
陈姬

崇祯十四年(1641)早春,我去衡岳探望父母尊长,由江浙路途前往，途经半塘，得知小宛还在黄山。

当时，许忠节到广东赴任，我们两个乘船同行。一日，许忠节赴宴归来，对我说："那里有位佳丽，名叫陈圆圆，戏曲歌舞堪称一绝，此人你不可不见啊。"于是，我与忠节驾舟求访，往返数次，才终于得见一回。

此人淡雅清丽，颇具神韵，着一袭丝裙，从背后望去，宛如蒙蒙烟雾中的翩翩孤鸾，仪态举止秀美。那天，她用弋阳声腔唱《红梅》，身姿回旋，曲调百转，如云出岫，如珠在盘，令人欲死欲仙。

四更时分，狂风乍起，我们必须驾舟回去了。临别时，我跟陈圆圆约时间再相见，她说："光福的梅花开得正盛，有如冷云万顷，明日可否与我一同游赏呢？这样一来，怕是得需半个月时间。"

我急于探亲，无法滞留，便对她讲："待我从南岳归来，邀你相会在虎疁桂丛中吧！算日子，我大约八月便可折返。"

一别之后，我恰好于钱塘观潮日侍奉母亲回来。行至西湖，得知襄阳城破，家父调任险关，我心急如焚。随后，我又打听陈圆圆的音讯，听说她已被权势豪家掠去了，当真是雪上加霜，郁郁凄然。

到达阊门，距离关口还有十五里水路，却因江水枯浅，不能行舟。我临时见了一位好友，言谈间提起圆圆，不禁感叹"佳人难再得"。他却说："你错了！当时有个赝某救下了陈圆圆，藏身之处距此很近，我这就带你过去。"

峰回路转，果然得见。圆圆离群索居于小室，犹如幽兰身处深谷。

恍若隔世啊，我俩相视一笑。

陈圆圆说："是你来了！你不就是雨夜舟中，与我盟定芳约的那位公子吗？我因你的殷切而动容，多时以来，一直惶恐，怕与你无缘重逢。而今，我虎口脱身，能与你再相见，实属万幸。时过境迁，我现在居所僻远，持长斋、饮清茶、焚炉香，望能与君相谈于明月之下。"

当时我的母亲在船上，我怕有险阻，便派了百名壮丁守护在岸，心思牵扯，不能久留。

黄昏时，有炮械之声轰隆震耳，仿佛就在我们船边。我匆忙赶到，原来是与贵胄人家因河道发生了争执。我遣散撤围，才得以脱身。自此，我也不能再登岸了。

次日，陈圆圆着淡妆而来，求见我的母亲。见过之后，她仍然坚持约我到她的居所见上一面。当天晚上，船只受困，仍不得行，我悄悄乘月色登岸，与她相会。

这次见面，她忽然对我说："我想逃离这牢笼，跟随一个可托终身的人，这个人，只能是你。刚见了令慈，如春云拂面，甘露沁心。天赐之缘，你万万不可推却。"

我笑着说："天下没有这样的易事啊。何况父母遭蒙战乱，颠沛流离，我为人子，当与父母同患难共生死，不问妻妾子嗣。这一行，我两次登门造访于你，皆因行舟遇阻。你突然说这样的话，令我措手不及。既然这样，我就当作没听见，坚决不能同意，决不能牵连你遭受祸患。"

她听后，婉言答道："你若不嫌我不弃我，我便一直等你，等你渡过难关，衣锦归来。"

我说："若是这样，我定会归来。"

喜悦之情溢于言表，那些依依嘱托、絮絮之言，不作赘述。我当时作八绝句，交付于她。

秋冬两季，我历经劫难，辗转奔走。到崇祯十五年（1642）仲春，官府要员体恤我四处求告之劳，可怜我身为独子之苦，终于决定将父亲调离战乱险境，并先把消息告知于我。当时我正在毗陵，得知后，心头如巨石落地，得以喘息。

接父亲的路上，刚好经过吴门，我便想着找陈圆圆，向她致歉。毕竟自去年冬天，她便屡次书信催促，我都没来得及答复。抵达吴门后我才知道,十日前,她又被豪门势家(田贵妃之父田弘遇)掠去了。先前,吴门有她的倾慕者,集合千人闹事,把她劫回。怎奈豪门仗势威逼恫吓,又不惜以千金贿赂,地方官员恐怕留祸患惹乱子,便睁只眼闭只眼,放纵狂徒的恶行,使得陈圆圆又被掳走。

我来迟了,万分惆怅。但是父亲身处患难,我别无选择,因此辜负了一位女子,也不能称之为遗憾。当晚,我抑郁难解,找了只小船,去虎疁夜游。准备在第二天时差人去襄阳接回父亲,自己则驾船回归故里。

4
重遇

舟行至桥边,见有小楼立于河岸。我便问游客这是何处,是何人的居所。

友人告诉我,这里是双成馆,是董小宛的居处。

我与小宛已有三年未见,万般思念积压心头,不禁狂喜,立即要泊船探访。

友人却劝阻我说:"前一阵,她被权势人家惊扰,病情危重,算下来已有十八日。她的母亲已经去世,董小宛锁户关门,不再见客了。"

我执意要去,再三叩门,家仆才把门打开。灯火空寂,满目黯然,曲折登楼而上,见床榻几案上,满满当当地铺着药饵。

"你是谁?为何而来?"小宛低声问道。

我提醒说:"当年,你饮酒薄醉,你我初相会于花径曲栏。"

小宛回想起来,眼泪潸然而落。

"你屡次来访,虽然仅得一见,我母亲却时常在背后称赞你清奇俊秀、一表人才,惋惜我没能同你交往相处。三年过去了,我母亲刚过世不久,见君思母,她的话犹在耳旁。不知,你今从何处来呢?"她说着,强撑起身子,掀开帷帐,把灯盏挪过来,就那样细细地打量着,久久地凝视着我。

我们说了一会儿话,我心疼她抱恙,不忍叨扰,便要告别。

她留住我,说:"我十日有八日不思寝食,昏昏然不知是醒是梦,今天见到公子,顿觉好了许多。"说着,便命家仆准备酒菜。

我们在榻前共饮。她频频敬酒,我多次要走,她多次挽留,不肯让我离开。

我告诉她说:"我明天派人去襄阳,告诉我父亲调任的喜讯。若是宿在这里,明早怕是不能报平安了。计划耽搁不得,实在不能久留。"

小宛会意:"既然有特殊情况,我也不好留你了。"

短暂重逢,又匆匆分别。

我按计划派人去楚地襄阳,嘱托完便急着回去。友人及仆从皆对我说:"小宛与你昨晚虽只有片刻相会,但拳拳深情,不可辜负,哪有不告而别的道理呢?"

于是,我动身前往双成馆,与小宛告别。我到时,她已梳妆完毕,正凭栏远眺,望见我靠岸,便疾步跑上船来。话别之语说尽,我正要走,她却说:"我行装都已备好,就随路送你吧。"

我想拒绝,却无法拒绝,想阻止,又不忍阻止。

这一路,由浒关至梁溪、毗陵、阳羡、澄江,抵达北固,共二十七日,我也辞别她二十七次,她却坚持相随。登上金山,她对着眼前的江水立誓说:"我愿追随公子,托付此身于你,有如江水东下,决不再返吴门!"

我脸色陡变,当即拒绝:"我科考迫近,再加上这些年来家父身处险境,家事大大小小无有照应,我对母亲未尽礼数孝道,现在才得以返还故里,料理一切。而且你在吴门身负巨债,想落籍金陵,免不了各种破费周章。权宜之计，就是你暂时回吴门去，待我夏季应考时，携你共赴金陵。考试过后，不管考中与否，我都有精力顾及你。此时缠绵于男女情事，对你我都是妨碍，没有好处。"

我说罢，她仍然踌躇，不肯离开。当时桌案上有五枚骰子，友人戏言："你若真想如愿，就掷下个'全六'，看老天许不许！"

小宛却当真了，移步至船窗，肃然祈拜，而后，居然一下掷出个"全六"。

同舟人啧啧称奇，我感叹，果然是天意啊！可大事不宜仓促，不如暂时相别，慢慢谋划。

她见我意思坚决，没有转圜的余地，万般无奈下，掩面痛哭着与我分别。我虽然怜惜她，但总得轻身而归，如释重负。

5
奔投

刚抵达海陵，马上就要参加考试，六月才抵家。妻子对我说："董小宛让她父亲过江而来。听说她返归吴门后，只食素斋，不出家门，翘首盼望着同你共赴金陵之约。"

听了这话，我只觉得心里别扭，便送十金让她父亲回去,并嘱咐他:"我已经知道她的情意,且早有许诺,只要她肯静候,金陵考试过后,我便方便行事了。"

我感激妻子成全的雅量、宽容的气度,决定只身去金陵赴考,想着完事后再告诉小宛。

金桂时节初三那日,我从考院出来,小宛忽然出现在桃叶寓馆。

原来,她一直在家苦守,等不到我的消息,便只身带了个老妇人,买船从吴门渡江而来。不料途中遭遇劫匪,船只藏匿在芦苇丛中,船舵损坏,行路受阻,不得不断炊三日。刚到达三山门时,她害怕扰我文思、误我应试,苦等了两天才敢进来。

小宛见着我,虽然欢喜,但细细追述持斋闭门、孤守约定的苦楚,还有一路惊涛骇浪、横遭盗劫的恐惧,不禁声色凄然,求归于我的追随之心,更是坚定不移。同行的各方科举士子,无不敬佩她的胆识,怜惜她的诚心,纷纷为她赋诗作画,以表赞许。

考试结束后,我自以为定会中第,便开始考虑小宛的事,完成她的心愿。

不料十七日,忽然听说了父亲的船到了江干的消息。原来父亲并没有赶赴宝庆的调任,从楚地归来后,他就去职了。足足有两年没能侍奉父亲,他冒着战火死里逃生,我喜出望外,想着好好尽孝道,也就没心思再为小宛谋划前路了。

于是,我急忙从龙潭出发,尾随家父的船只,一同抵达銮江。会面后,家父询问我的考试文章,也说我必会中第,我便又留在銮江等候放榜。

小宛从桃叶寓馆,乘舟一路追随,在燕子矶遭遇大风,差点儿又遭罹不测。周折过后,我们终于在銮江的舟中重聚。

七日放榜,我仅仅中了个预备,实在大失所望。我日夜兼程奔赴归途,小宛痛哭相随不肯离去。我知道她在吴门的诸多事情,脱籍的债务,不是我凭一己之力能应付得来的。那些索债的人见我俩结伴远路而来,漫天要价,气焰嚣张。况且父亲刚刚归来,我又落榜失意,境遇艰难,实在没工夫顾及她。

船行至如皋城外朴巢老家,我冷下脸、狠下心,与她诀别,让她返回吴门,正好给那些追债的狂徒泼一盆冷水,免得其坐地起价,得寸进尺,这样一来,后面的事情才好办理。

阴月,我过润州拜谒房师郑公,当时闽中的刘大行从都门而来，还有陈大将军和同盟刘刺史，大家聚集于舟中饮酒。有个奴仆，恰好从吴门小宛处来，告知我说，小宛回去后，一直穿着来时的衣裳，薄衣不堪天寒，如若等不到我，她甘愿冻死。

刘大行指着我说："辟疆啊，你素来有风度，讲义气，怎能如此辜负一位女子呢？"

我无奈解释道："权贵官吏，只手遮天，我这等闲游隐士，根本无力抗衡啊。"

刘刺史举杯扬袖："若给我千金，我愿意出面调停，今日就去！"

陈大将军马上拿出数百金，刘大行又添了一些。刘刺史意气风发，即刻启程。

哪知这刘刺史啊，根本不善调停，去了趟吴门，跟那些索债者大闹了一场，得罪了权贵，而后便逃去了吴江。我回到家乡，也再没有他的音讯。

6
仙侣

小宛孤身一人，进退维谷。虞山宗伯钱谦益听说后，亲自赶到半塘，把小宛接到舟中。那些索债者，上自荐绅，下到市井，都齐聚于此，索债票券足有一尺厚。三日之内，尽数偿清，小宛终得赎身。钱谦益于楼船设宴，送别饯行，又买船将小宛送至如皋。

下月月中的傍晚，我在拙存堂侍奉父亲饮酒，忽然传来消息说，小宛的船只已经到了河岸。我接到宗伯书信，字字句句，洋洋洒洒，个中始末，方才悉知。他还修书给门生张祠部，处理小宛落籍之事。吴门那边还有些没有解决的琐事，皆由周仪部收拾处理，南中的李宗宪也出了力。十月有余，此事终于告结。其间各种盘根错节、迂回纠缠，真是耗尽万斛心血。

还记得当年，当时。

那是崇祯十五年（1642）四月的最后一日，小宛送我到北固山下，坚持要随我渡江回乡。我越推辞，她越哀切，坚决不肯离去。船停靠在江边，当时我的西洋友人毕今梁，送我西洋布一卷，薄如蝉纱，洁白胜雪。我便用退红做里子，为小宛做了一件轻衫，跟张丽华的桂宫霓裳相比，也毫不逊色。

小宛与我一起去登山，有四五条龙舟，冲波激荡，尾随而行。山中数千游人跟在我俩身后，以为我们是神仙。我俩驾船绕山而行，所停之处，皆有龙舟靠近停泊，盘桓不肯离去。

我询问他们原因,才知道驾船的人都是我离开江浙时,官舫的那些老相识,于是赏酒慰劳,欢聚畅饮。我们到船上,他们用宣瓷大白盂盛满樱桃,让我和小宛品尝。一时间,我都辨不清小宛指间莹润的红,究竟是樱桃,还是嘴唇了。

江山盛景,一时繁华,言谈渲染间,丰饶万物,更显奢华。

◆◆◇ 卷一译记
忆语"蒙太奇"

第一卷,叙事密度极大,三千余字,颇具曲线感,生死离合,命运沉浮,尽收眼底。

全篇由"爱"字起始,直白不讳。

但在行文中,这个字却用得十分慎重。回忆部分里,仅有一句"余惊爱之",出现在与董小宛初相遇的场景中。

虽中插了同陈圆圆的缘分始末,但对其只有感观层面的比喻,如"孤鸾""芳兰",无关乎"爱"。

仅此一点,便能窥见冒襄笔墨的严谨。虽说他对董小宛的态度,实在愧对这个"爱"字。

"始终本来,不缘狎昵",冒襄所讴歌的

"爱",是出乎本心自然,而非粉饰作态。转录为文学作品,离不开斧凿加工,毕竟,天成文章也不可信马由缰,行文布局皆要有所规划。一支笔,无法扭转乾坤,却能在纷杂往事中,勾勒命运的轮廓,点染亡人的倩影。

1
闪回

顺治八年(1651),董小宛离世。

崇祯十二年(1639),冒襄与董小宛初识。

"与偕姬九年光景"的追溯倒叙,由"今忽死"开启,时间线退回十二载。

那时,董小宛只是人们口中厌薄纷华的"秦淮佳丽"。

那时,冒襄只是个痴迷于"锦半臂""石榴裙"的风流雅士。

君屡过余仅一见,昔年曲栏醉晤人。

记述时的冒襄,追思亡妾,将当年的匆匆初遇,定义为"良晤"。

而后,两人再相见已经是崇祯十五年(1642)。

三年期间，大明动荡，李自成破洛阳，张献忠破襄阳，清兵攻锦州。

这三年，冒襄跟陈圆圆有缘无分，为了父亲能调离危疆兵火，四处奔走。

这三年，董小宛被豪门所惊，债务缠身，母亲魂归泉下。

乱世流离，各自为难。

双成馆里，董小宛在病榻上、灯盏旁，凝视着冒襄，认定了他。

但冒襄没有做好准备。

冒襄辞行，董小宛"装已成，随路相送"，登上他的船。

送到金山，董小宛还不走，指着江水立誓："委此身如江水东下，断不复返吴门！"

掷骰子看天缘，偏偏董小宛手气好，一下子抛出个全六点。

如此执着，还是被冒襄赶走了。

答应带她一起去金陵应试，结果也没兑现。

然后，董小宛乘风破浪，自己找上门来，怕影响他考试，推迟两天才见。

父亲卸任归来，冒襄顾不上董小宛。

考试未中榜，冒襄没心情收容董小宛。

在当时的冒襄看来，董小宛像个不散的阴魂，徒增烦扰，所以冷面铁心，又给人驱逐了。

董小宛郁郁回吴门，"姬归不脱去时衣，此时尚方空在体"，甘愿被冻死。

董小宛的还债落籍等事，实在千头万绪，幸好有钱谦益相助，得以脱身，顺利跟意中人牵手。

一波三折的故事，笔锋一转，突然又来了个猝不及防的"闪回"。

"壬午清和晦日，姬送余至北固山下"……

时间线返回到当年四月，"装已成，随路相送"之后。

那二十七天里，冒襄挥别董小宛二十七次，董小宛坚决表态了二十七次，怎么都不走。

看似是偏执痴女不依不饶的苦情故事，还隐约透着作者的自私自恋。

其实，两人曾有过近似"恋爱"的甜蜜桥段。逍遥仙侣，驰游金山，小宛身着冒襄给她做的衣服，风华光彩，不输桂宫霓裳。船上饮酒吃樱桃，冒襄一时辨不清，红是樱桃的红，还是小宛的唇红。

这段描述，其实是四十岁的冒襄，回望三十一岁的冒襄。

所谓"爱",究竟缘起于何时呢?

初见的"余惊爱之"后,心境处境实在周折,往事昙花担不起余生之重。对于董小宛的穷追不舍,冒襄一度抗拒。

而今,冒襄对亡妾情真意切,不知是"姬死"还是"余死",他重审过往,感受大不相同。

金山浪游时,着新装、吃樱桃的小宛,让三十一岁的冒襄,刹那神往。

历经沧海后,着新装、吃樱桃的小宛,让四十岁的冒襄,念念不忘。

这是迟来的惊觉与愧疚吗?

不清楚了。

"姬归不脱去时衣"。

回忆裹缠,爱意绵绵,这件"去时衣",董小宛终生脱不去,忘不掉。

2
交错

陈圆圆,明末"秦淮八艳"之一。

同样是在崇祯十五年（1642）仲春，陈圆圆的命运发生巨大转折。她被崇祯帝贵妃之父田弘遇掳走，入京后，成为田弘遇家乐演员。田贵妃去世后，田家日渐失势，田弘遇便巴结当时声望颇大的吴三桂。据记载，田弘遇盛邀吴三桂赴其家宴，"出群姬调丝竹，皆殊秀。一淡妆者，统诸美而先众音，情艳意娇"。

其中提到的歌姬，就是陈圆圆。

吴三桂见到陈圆圆，神移心荡，田弘遇便置办妆奁，将陈圆圆送至吴府。李自成农民军攻占北京后，陈圆圆又为刘宗敏所夺。吴三桂本欲投降农民军，得知圆圆遭劫，冲冠一怒为红颜，愤而降清。历史的轨迹，因为这个传奇女子发生了偏移。

陈圆圆入了平西王府后，一度"宠冠后宫"。后有记载云，陈圆圆年老色衰，与吴三桂正妻不和，加之王府宠姬甚多，陈圆圆的晚年十分清冷。《天香阁随笔》中写道："布衣蔬食，礼佛以毕此生。"

康熙三十四年（1695），陈圆圆七十二岁，她的一生，终于在萧条寂寞中悄然落幕。

陈圆圆与吴三桂的故事流传甚广，也不乏文人墨客咏诗纪念——

吴刘不争红颜女，十万清兵怎入关？

疑尔楚腰娇无力，如何开那山海关？

恸哭六军俱缟素，冲冠一怒为红颜。

在《影梅庵忆语》一书中，冒襄与陈圆圆的萍水之缘，既是一段风流韵事，也为历史补上了一块拼图。

私人回忆的切实记录，远非稗官野史能比。陈圆圆一直像个符号，是个被争来掠去、在历史车马上颠沛流离的女人，不知明日在何处。但在冒襄的笔录里，她是个真正的人，惊鸿一瞥，却有血有肉。

"至则十日前复为窦霍门下客以势逼去"，如果十天以前，冒襄接走了陈圆圆，也许一切会天翻地覆。如果冒襄跟陈圆圆终成眷属，他或许不会在双成馆与董小宛重逢，或许吴三桂也不会叛变降清。

冒襄说他"怅惘无极"，怅惘的是错失了陈圆圆，也是个体命运之于历史洪流的迷惘，还有不知心恨谁的无力感，所以，才渲染以"无极"二字吧？

冒襄心里也明白，即便提早十日，又能如何呢？他寻花问柳，只是想游览赏玩，做一场樽酒胭脂梦罢了。那句"若尔，当与子约"，不能太当真。现实纷乱，自顾不暇，冒襄哪敢自找苦吃呢?

解开船索,无限怅惘的冒襄本想回归故里,偏偏在沿途,与董小宛重逢。
失之东隅,收之桑榆,机缘玄妙正在于此。
如果当时,董小宛没有饱受债务之困,没有母亲新丧,没有心灰意冷、寝食俱废,如果她没有身处至暗,冒襄就不会被她视为一盏灯火,追随不弃。
人在时景之中,人和人也在冥冥之中。

冒襄希望读者能因他"知姬之果异",本卷中的董小宛确实非比寻常。
两次立誓,颇有气吞山河之势。
一腔赤诚,孤胆涉险,不到黄河心不死。你优柔寡断,我就破头死磕。
这样的董小宛,才能追赶这样的冒襄。

3
平行

"姬孤身维谷,难以收拾。虞山宗伯闻之,亲至半塘,纳姬舟中。"

这位虞山宗伯钱谦益,在关键时刻出手相助,成全了董小宛和冒襄。

他究竟是何许人也?

钱谦益,字受之,号牧斋,晚号蒙叟、东涧老人。万历三十八年(1610),考取一甲三名进士,授翰林院编修。崇祯十四年(1641),五十九岁的他,迎娶了"秦淮八艳"之一——二十三岁的名妓柳如是,引致非议四起。

以明末的道德标准评判,文人雅士涉足青楼,纳妓为妾,是盛行的风流韵事;但若大婚迎娶,便是有悖伦常、伤风败俗。成亲当天,他们的婚船被"吃瓜群众"投以暴雨般的石块,婚后,这对名噪一时的老夫少妻,依然是人们讥讽谈笑的绯闻素材。

不过,人家两口子活得挺快乐的。

钱谦益吩咐家人一律叫柳如是"夫人",不得称"姨太",他自己也敬称其为"河东君"。化用《玉台新咏》中的"河中之水向东流",赠其雅号,本意是赞美,绝不是今人所理解的"母老虎",却未料一语成谶——钱谦益软弱苟安,剃发降清,柳如是坚决反对,觉得他有失气节,十分看不起。今日,钱谦益牧斋墓西边就是柳如是的墓址,墓碑上刻有"河东君之墓"五字。

清廷担忧前朝旧臣策反,要严查钱谦益,将其逮捕入狱。三十岁的柳如是奋勇上书,愿代替受死,如若求情不成,钱谦益难逃一死,那就共同赴死。钱谦益被释放后,两人和好如初,育有一女,人称赵钱氏。

钱谦益八十二岁时撒手人寰,与柳如是有二十余年的恩爱时光。他们两位的结合,可以说是彼此成就。

柳如是虽说嫁给了一个油滑的老头子,但从某种意义上来说,她跟早逝的董小宛、飘零的陈圆圆相较,算是很有福气了。在婚姻关系中被尊重,对古时女子,尤其是对青楼女子来说,难遇且不可求。钱谦益失节降清,本应为后世诟病唾弃,但柳如是侠肝义胆、资助抗清组织的义举,顺带着"洗白"了夫君,挽救了钱谦益崩坏的口碑。

柳如是喜好书画,也是位优秀的女诗人,钱谦益更戏称她为"柳儒士",其传世之作有《戊寅草》《柳如是诗》等,摘引一首,可见其才思不俗。

有怅寒潮,无情残照,正是萧萧南浦。更吹起,霜条孤影,还记得,旧时飞絮。况晚来,烟浪斜阳,见行客,特地瘦腰如舞。

总一种凄凉，十分憔悴，尚有燕台佳句。

春日酿成秋日雨。念畴昔风流，暗伤如许。纵饶有，绕堤画舸，冷落尽，水云犹故。忆从前，一点东风，几隔着重帘，眉儿愁苦。待约个梅魂，黄昏月淡，与伊深怜低语。

——《金明池·咏寒柳》

后世学者评价"河东君"才貌双全，有一定的诗词造诣。难怪，她能被冠以"秦淮八艳"之首。

除却钱、柳和冒、董，还有吴梅村与卞玉京、侯方域与李香君、王稚登与马湘兰等人的故事，也广为流传。那是个奇异的年代，名士墨客与名妓佳人，携手于溃败乱世，热烈追求着自由与浪漫，谱写出一篇篇或荡气回肠，或凄怆哀绝的诗章。

4
视角

如诸多读者说，秦淮佳丽中，董小宛不是最幸运的那个，因为她追随了冒襄。

冒襄喜好撩拨，风流倜傥，有"东南秀影"和"人如好女"之名。

在陈圆圆、董小宛之前,他曾留情于名妓王节和李湘真。他的好友张明弼也写过"所居凡女子见之,有不乐为贵人妇,愿为夫子妾者无数"之句。

冒襄对董小宛是有所保留的。

春花秋月,成本最低,吟诗作赋,相看泪眼,足够意淫一生。

可董小宛要脱籍落籍还债,这成本可就高了点儿。

"成本"意识,一直根植于冒襄心里。一旦小宛无力"输出",危难时刻需要帮扶,冒襄就给自己算了笔明白账,觉得亏了。

很多人惋惜,董小宛这样的奇女子,本应配得更好的归宿,可谁又能给她这个"更好"呢?

以董小宛的角度看,她体尝世间万苦,早就明白了一个道理——没有面包,什么都是胡扯;没有幻想,就是行尸走肉。

世道艰难,自身难保,陈圆圆被掳走的消息轰动一时,董小宛又被势家惊扰,母亲新丧,债务缠身,茕茕无靠,冒襄为曾经的一面之缘来探访,董小宛想要摆脱泥淖、逃离樊笼,冒襄的这点情分,便是她的救命稻草。

封建时代,女性被社会剥夺了教育权、参政权,就业与经济都成问题，对家庭有严重的依赖性。于是，她们的人生必须以男性为渠道才能长流。嫁个如意郎君，就是旧时女性的终极指望，对于秦淮风尘中的董小宛来说，有个可靠的夫家更难。

再往深了说，董小宛的情动应该是复杂的，除却求生欲，还有冒襄的形貌风度，以及他们干干净净的初识——这是理性跟感性、时代与个体的共同作祟。

倦鸟栖枝，且钟爱此一枝。就算风摇树晃，跌落成泥，也心甘无怨。

冒襄不完美。

她知道，也照单全收。

她只想成全自己的幻梦，来世间一遭，心有所寄，足矣。

单从情爱论，《影梅庵忆语》第一卷，与现代思维天差地别。时隔四百余年，越近而研之，越觉得遥远。在宏大的时局、烦琐的细节面前，我们对"传奇"的想象，都过于单薄虚妄。

历史是有妆容的，记忆是有滤镜的，个体是有局限的。

历史在个体的记忆里，有不同的面目。

个体在历史的潮涌中，有迥异的声名。

冒襄说，"赐之鸿文丽藻"，此言不虚。

上天给了冒襄绝佳的叙事土壤，所以今人才得以借着他的男女情事，融入史话里的浩荡变局，摸索那些细密的、布满巧合与反转的命运走线。

久远的文著，就像是座山。乍一望，不过如此，但"横看成岭侧成峰，远近高低各不同"。

山上草木荣枯，也对应着我们的春雨冬雪。每一株独立成章，也随四季兴衰，汇成模糊的一片。

◆◆◇ 卷二译文

小丛寒树墨楚楚，
细字红笺在奁中。

1
山水

中秋，秦淮河。

各地志趣相投的好友，有感于小宛为我不惜犯险，挣脱盗贼之困，一路辗转相从，便在桃叶水阁为我们置酒。当时在座的还有顾眉娘、李十娘，她们与小宛是挚友，因小宛跟随于我而欣慰，皆来道喜庆贺。

那天，还有新上演的剧目《燕子笺》，诉说着曲折离奇、华美绝伦的爱情故事。剧情演进至霍都梁与名妓华行云的聚散离合处，小宛和顾、李二人,不禁感慨落泪。此时此景,才子佳人相伴,楼台与烟水相映,新曲同明月相合,实乃千古圣境,至今回想,奇景梦幻旖旎迷人,不逊于游仙枕所见。

釜江的汪汝为,修建了许多园林亭台,尤其是长江边上的一处小园,江山恢宏,尽收眼底。崇祯十五年(1642)八月初一,汪汝为曾邀请我和小宛,至江口梅花亭游赏。那天,长江白浪波涛翻滚,小宛大杯豪饮。在座女子都已经醺醉如泥、颓唐散漫,小宛敬酒时却依然端庄,落落大方。

在我印象中,小宛最为温柔严谨,那天的豪情洒脱,唯见此一次。

顺治二年(1645),我侍奉母亲,携家眷流离逃难至盐官镇。春日路过半塘,看见小宛的旧时寓所还在。她的姐妹晓生,还有沙九畹登舟探望,见我珍爱小宛,又见我妻贤良,相处和睦无间,都啧啧称赞、羡嫉不已。

我们一同登上虎丘,她带我重走旧时路,回顾历历往事。吴门认识小宛的人,都赞许她的远识,说她找到了好的归属。

鸳鸯湖上,伫立着烟雨楼,曲折连绵向东,有竹亭园一座，半身掩在湖中。环城四面，在名园胜寺与洲渚之间的，是粼粼潋滟的湖水。登上烟雨楼的游人，都以为看尽了至美风光，其实不然。江水浩瀚深幽，其渺渺无际并不在此。

我与小宛曾在这里游览一整天，共同追忆钱塘江下的桐君山、严子陵钓台，碧浪苍岩的胜景犹在眼前。小宛更说，游历山水的逸趣，实乃烟火人间的一大乐事。

2
庭院

钱谦益送小宛到我家后，我正与父亲在园中饮酒。事情太过仓促，我不敢告诉父亲，又陪他饮到四更，迟迟不散。我妻子不等我回来，先为小宛备下了一间别室，帷帐、灯火、器具、饮食，无不在最短的时间内备妥。

酒后，我去见小宛。她说："我刚来时，不知为何没见到你，然后，又有许多婢女围拥着带我上岸，更是满心疑问，真的被吓到了。进了这屋子，见一切安排得细致周到，问及旁人，才知是主母的安排。主母这般贤惠，想我近一年来矢意从君，当真是明智的。"

之后，小宛将自己关于别室中，弃奏管弦，洗净铅华,精学女红。足不出户,一月有余。清净的生活,恬然自得,小宛说,自己就似逃脱万顷火海,终于栖靠在清凉之地,回望过往烟云,有如噩梦地狱。

在别室度过数月后,小宛的女红已然巧夺天工,刺绣手艺精巧非常。头巾裙裾的刺线,小如虱卵,隐秘无痕,一日可作六幅。剪彩织字、缕金回文,各种技艺都熟稔掌握,针法之神绝,堪称前无古人了。

小宛在别室住到第四个月,我妻子带她正式入了家门。我母亲和妻子都十分喜爱小宛,对她分外地关怀照顾。小姑长姐待小宛尤为亲近,称她待人接物很是端庄得体,绝非寻常人等。

小宛侍奉左右,操持家务,听从吩咐,比起家仆婢妇,其熨帖辛勤,有过之而无不及。烹茶剥果,必亲自为之;善解人意,侍奉体贴,无所不及。寒冬酷暑时节,也要恭敬地站在座位旁,我招呼她入座一起饮食,她坐下匆匆吃两口,又赶紧起身,像一开始时那样恭敬。

我教两个儿子写作文章,若不满意就施以鞭责,小宛监督孩子们修改,改成书文,至夜不休。九年来,她与我妻子没有任何言语不和。对待下人老幼,都温良体恤,众人都感念她的淑惠。我出入应酬的费用,还有妻子打理生活的开支，都由小宛来管理，账目清明，从不私藏。她不爱积蓄，也从不给自己添置金银首饰。

小宛弥留之际，也就是元旦的第二天，她要求见我母亲一面，方瞑目合眼。除了穿在身上的衣裳，其他的衣服饰物都不予殉葬。小宛此愿，真是与寻常人不同。

3
书画

我多年来一直想着汇编整理四唐诗，所以购买全集、分类逸事、收集众评，以人物、年谱为次序，进行案头整理，每集都细加评选。博采群书，搜寻遗文，唐朝笔墨，一代大观。初唐、盛唐的编纂，还有些次序可循，中唐、晚唐就不同了——有名无集的，有集又不全的，无名无集的，甚多。

《品汇》，大概只有六百家在案，即便是《纪事本末》，也不过简略记载千余家的名姓，其诗作遗失无存。《全唐诗话》，更是寥寥。芝隅先生为《十二唐人》作序，提到豫章大家，其藏于中晚唐时期的，并未刻集的作品就七百有余。孟津王师对我说："灵宝许氏的《全唐诗》，买下数车满载，还有昔日流难盐官时胡孝辕批阅的唐人诗，刻印工本昂贵，需要数千金。"

我身处僻地，没有什么像样的书籍可供参考，近来又被缠足于家事，无法出游买书。以现在的境况，想要搜文集典，简直是举步维艰，注定事倍功半啊。

所以，每每得来一本，我必细加勘注。其他书籍，有涉及此集编纂的，都注以目录简介，交由小宛收藏。至于编年论人，以《唐书》为准。

小宛终日助我查找抄写，细心商订，从早到晚，听我吩咐差遣，忙得不可开交，乃至相对忘言。小宛通晓诗书，无所不解，而且是聪慧的妙解。她熟读楚辞，还有杜甫、李商隐、王建、花蕊夫人、王珪三家宫词，这些人的书，摞起来跟她一样高。这些书都被她放置左右，就连枕被之上，也堆放着数十家《唐书》。

现在，那间屋子已经尘封，我再不忍心推开那扇门了。

试问将来，我的唐诗编汇之志，还能与谁携手同心，一起完成呢？不过是空留一叹罢了。

还记得前年我读《东汉》，读到陈仲举、范、郭这些人物的故事时，不禁为他们的际遇不平，抚案喟叹。小宛求解始末，一一悉知后，也为他们不平，并提出公允之论，大谈解决之道。她慧心卓识，其高谈妙语，足可以作为一则史论了。

顺治二年（1645），我住在盐官避难之时，曾经向许多朋友借书买书，但凡遇到奇妙生僻的文章，就让小宛抄下来。若是闺阁故事，她便另抄一卷。归来后，她遍搜诸书，汇编成册，名为《奁艳》。此书风格内容奇谲不凡，关于古代女子，从头到脚，包括服饰饮食、器物用具、亭台歌舞、绣针墨笔，等等，甚至禽鱼鸟兽和无情草木，只要与"情"字沾边，都归为女子之事。

而今细字红笺，条目分明，全都安放于奁中。顾夫人曾向小宛借阅此书，与龚鼎孳二人，都盛赞此书之妙，催促我刻版印刷。现在，我应该克制悲痛，帮小宛继续钻研校对，就当替她完成遗愿。

小宛刚进我家门时，看到董其昌为我所写的《月赋》，笔法是仿钟繇书体，她酷爱临摹，四处找钟繇书法的帖子来学习。小宛读《戎辂表》，只因书中将关羽称为"贼将"，便断然不学钟繇，改学《曹娥碑》，每天写数千字，毫无错漏。

我读书的选摘笔记，她都给抄写成册。或史情诗章，或遗事妙句，她都像唐朝传说的绀珠一般，随时唤醒我的记忆。她还时常代我写扇面小楷，赠予亲友私藏，妻子理家的生活开销，各项支出，她都认真记录下来，分毫不错。这份细心专注，是我辈之人不论怎么效仿都难以企及的。

　　小宛在吴门时曾学过作画，小丛寒树，笔墨楚楚。她常在几砚上随笔涂写，对古今绘画事颇感兴趣。偶得长卷小轴，或是旧珍玩意儿，都反复把玩，爱不释手。我们流离逃难时，她宁愿舍弃妆具，也要捆好那些书画，随身背负辗转。安定下来后，可怜那些画已经残碎晕染，只剩下零散纸绢。到头来啊，还是没能躲过一劫。

　　这虽是书画的厄运，却足见小宛嗜好在此，至真至性。

◆◆◇ 卷二译记
微言大义，弦外之音

    本卷篇幅相对较短，主要记述了董小宛初入冒家前后的事情，对卷一也有一些"互现"和补述。可以看出，冒襄的思想转化，是在点滴相处中完成的，他接纳了小宛，进而生发"爱"意。

    本卷的意义在于，它记录了董小宛脱籍后的转变，这是她新生活的开始，同时也是冒襄"九年清福"之始。

1
重生

在汪汝为的园亭里，冒襄、小宛与众人饮酒。"姬轰饮巨叵罗，觞政明肃，一时在座诸姬皆颓唐溃逸。姬最温谨，是日豪情逸致，则仅见。"

这里面的两个信息点很有趣：第一，其他人都醉得四仰八叉，小宛推杯换盏，仍恭谨端庄；第二，当日小宛的豪爽情态，此前未见，此后也未得见。

董小宛脱身贱籍，绝地重生。换作常人，得意忘形都能理解，但董小宛有分寸，自持自制，开怀且不放浪。这不仅是酒量支撑，更是理智使然——她深知身份已不同往日，断断不能失态，自轻自贱。

冒襄目此，必然也刮目相看了，否则不会特地留下这一笔。

董小宛为身份的转换做了充分的准备。"自此姬扃别室，却管弦，洗铅华，精学女红，恒月余不启户。"为了重塑人设，她爆发了超强的决心、恒心，躲在房间里学习纺织刺绣，一待就是四个月。

步步稳扎稳打，就是为了尽可能地洗掉出身的污点。小宛知道，如果冒家不容，之前的努力也就白费了。这四个月,既是修身养性的"变形计",也是在向冒家人表态明志。只有沉住气,才能立住脚。

正式拜谒家亲,文中一笔带过。"吾母太恭人与荆人见而爱异之,加以殊眷。幼姑长姊尤珍重相亲,谓其德性举止均非常人。""荆人",即冒襄的正妻苏氏。董小宛能被冒家接受,离不开苏氏的帮助。苏氏温厚有气度,此前就接待过董小宛的家人,这回又亲迎董小宛,为她安排打点。卷三中,小宛"每晚侍荆人数杯",可见二人相处融洽。

为了能在冒家安稳栖身,董小宛对上"服劳承旨"、为奴为婢,对下和颜悦色、事必躬亲,还帮着孩子批改作业。靠实际行动树立好口碑,即便有冷眼质疑,也会消解无形。

正因为在冒家风评好,所以后文冒襄举家逃难欲遗弃董小宛时,才被家长给阻止了。董小宛离世前,要求见婆婆一面,知恩感恩,和睦是真的。

"骤出万顷火云,得憩清凉界,回视如梦如狱",董小宛的这句心里话,贯穿了与冒襄为伴的九年。此后经历再多颠沛疾苦,都能知足知福,打落牙齿和血吞。

她有智慧,识大体,外人看着柔肠百转、深情动人,其实更多是勇气和坚韧使然,下定决心,决不回头。

有段描写很值得玩味,能体现董小宛的刚毅气节——因为《戎辂表》称关帝君为贼将,她就不喜欢钟繇了。

后人在艺术作品中,把她塑造为忠烈的爱国义士,也不是没有道理。董小宛的本质被三纲五常覆盖了,她骨子里是个硬气的女人。

2
影射

卷一中提到,"薄暮侍家君饮于拙存堂,忽传姬抵河干"。

冒襄以陪父亲喝酒为由,不肯出门相见。他估计是被吓坏了,没想到半路杀出个钱谦益,出手帮了董小宛;更没想到董小宛这么执着,回归了自由身,又阴魂不散找上家门。

秦淮青楼跟家中闺阁,毕竟是两码事。士人与名妓的交往看似美好,实则在公子哥儿们的内心深处,对于妓女的身份地位是轻视的。他们能在这种不对等的社交中获得优越感,忘却礼法约束,寻求道德知音,逢场作戏,你开心,我开心。开心就得了,最好别越雷池一步。

冒襄当初拒绝陈圆圆，是以忠孝之名，而今排斥董小宛，是因地位之悬殊、礼法之牵绊——罗宗强在《明代后期士人心态研究》中分析道：

> 重自我，重情，甚至纵欲，向为研究晚明思潮、晚明文学者所重视，亦常被当成个性张扬、自我觉醒之产物加以肯定。我人若从各个层面考察此种重自我，重情，甚至纵欲之现象，或者会发现，问题远较我人所想象者为复杂。

这些士人很多情，最爱的还是自己。

再者，冒襄的家庭，是典型的秉承儒家道德礼教规范的官宦之家，关于冒襄的正妻和父母，有简略记载如下：

> 冒妻苏氏，如皋人，姑疾笃同夫焚香吁天，愿以幼子充代子殇，姑愈时称孝妇。
>
> 冒起宗（注：冒襄父亲），如皋人，崇祯进士。授行人选南考功掌内计。时惮其方正，出为兖西佥事。
>
> 冒起宗妻马氏，如皋人，年十七归副使

> 冒起宗，事舅姑尽孝，起宗殁与妾刘氏抚幼子成立。

秦淮佳丽，放到画楼里是金屋藏娇，纳入这样的门楣下，就成了藏污纳垢了。

董小宛再次见到冒襄，楚楚可怜地说：我到了，不知何故没有看见你。

她冰雪聪明，心知肚明：冒襄并不欢迎她。于是，她接下来的行为也是为了证明，她非但不会给冒襄添麻烦，还会帮着把这个家打理得很好。

"姬不私银两，不爱积蓄，不制一宝粟钗钿"，董小宛作为冒家的财务出纳，不搜刮一分一毛，不贪图虚荣富贵。

付出是有回报的。顺治二年（1645）流寓过半塘，两人故地重游，和小宛的姐妹们相见。众人言谈间皆羡慕不已，足见小宛已经融入冒家。"鸳鸯湖上，烟雨楼高"的段落，唯美轻快，"山水之逸，尤足乐也"；后文中，小宛照顾病重的冒襄，许下"敝屣万有，逍遥物外"的理想，两句话遥相呼应。

理想是美好的，可理想往往经不起挫折，在剧变中不堪一击。

作为名士，冒襄将气节和声名看得很重。天地倾覆，世道溃乱，怎么才能不挨骂地活下去？在冒襄和董小宛十余年的纠缠中，冒襄所经历的道德考验跟意志摧残十分剧烈，山河破碎、亡国灭种的悲剧里，作为个体，忠与孝不可两全。冒襄四处辗转，为父求告，将父亲调离战火险境，后又举家逃亡，所承受的舆论压力可想而知，偷生、失节的焦虑如影随形。想做到超然物外，怎么可能呢？

自尊与自负全盘塌陷，这对一个天之骄子来说，简直是日复一日的煎熬。曾经驱之避之的董小宛，竟然在最难挨的日子里，成了最懂他的知音——他曾经救赎了董小宛，现在换作她来救赎他。

《影梅庵忆语》，毕竟也是写给读者看的东西。董小宛终究是青楼出身，身为"秦淮八艳"之一，谈不上清白。冒襄着墨时，势必要有所引导，洗脱自己与亡妾的所谓"污点"。所以，冒襄的笔触是复杂的。他要将两人生活中，最精致细腻的部分萃取渲染，写出他与小宛的不俗与高洁，还要道出自身的矛盾与困境。例如读《东汉》时，冒襄发不平之色，小宛作持平之议，既能体现小宛的不凡，也影射了他失落的政治抱负。

本卷看似是满篇的儒雅韵致，其实处处透露着冒襄对

"遗民"之身、"失节"之嫌的无奈,以及力证"姬之果异"的执念。

另外,冒襄为什么热衷于整理诗词?为什么对搜集书卷的部分,写得兴致勃勃?

江南文化给了冒襄强烈的精神优越感,他引以为傲的精英文化,跟清初满人的野蛮形象相比,是先进对落后的精神胜利。他缅怀着书香里的儒雅情趣,缅怀着好读诗文的董小宛,也是一种自我认同、自我开解的心理疗愈。

阅读《影梅庵忆语》,最有趣的实则是透析文字的"底色",挖掘那些无法直抒的隐秘。

因其文,洞察其人。把握微言大义,听得弦外之音。

◆◆◇ 卷三译文
万梅无蕊鸟骇散,
屏上姬影坐花间。

1
茶思

　　小宛喜好饮酒,但自从到了我家,见我不胜酒力,也就不怎么喝了,只是每天晚上侍候我妻子小饮几杯。

　　小宛也喜欢饮茶,这一点我俩志趣相投,又都喜爱喝岕茶。每年,半塘的顾子兼都会选最好的岕茶寄给我。茶叶薄如蝉翼,置于小鼎,清泉灌注,文火慢烹,细烟袅袅。小宛吹火烧水的细致样子,不禁令我想起左思的《娇女诗》。那句"止为茶荈剧,吹嘘对鼎䥬",就是小宛情态的写照。更为精绝的句子，当数"沸乳看蟹目鱼鳞，传瓷选月魂云魄"了。

每每花前月下，我们安静对饮，碧叶沉落，清香浮起，就像木兰沾露，瑶草临波，简直到达了茶道祖师陆羽、卢仝的境界。

苏东坡有诗云："分无玉碗捧蛾眉。"我一生的清福，都在小宛相伴的这九年，却也都在这九年用尽了。

2
香语

小宛常与我在香阁静坐，细品名香。宫廷香浓郁俗气，沉水香乏善可陈。俗人常将沉香直接放在火上，烟熏火燎，片刻烧完了，不仅香的性情内蕴没有发出，就连怀里袖中，也都染上了焦煳的腥气。其实，沉香中质地坚实、布着横纹的，叫"横隔沉"，也就是四种沉香里有横纹间隔的那种，香气极妙。还有一种沉水生香，结而未成，形如斗笠菌菇，叫"蓬莱香"，这种香我收藏了很多。熏香时，慢火隔砂，就不会生烟，小阁通透如常，似风拂寺院，露浸蔷薇，又如热磨琥珀，有酒倾犀斝之味，熏浸在床榻枕被，混合以肌肤体香，甜艳非常，入梦也酣然。

除此之外，我还有真正的西洋香，是从皇宫内府得来的，绝非市场上的寻常货色。顺治三年（1646）客居海陵时，小宛曾亲手制作百颗香丸，实属闺阁异品，引燃后以看不见烟气为佳。如果不是小宛慧心细致，很难亲身领略其中之妙。

黄熟香，产自番地，以柬埔寨所产的香料为上，皮质坚硬的，叫作"黄熟桶"，气味上佳且通透；黑色的，叫"隔栈黄熟"。近些年，广东东莞茶园村的人种起了黄熟，就像江南人种茶一样。树矮枝繁，根为香料。吴门有懂行的，会剔根露白，将糟软腐烂的黑皮杂蔓全都去掉。

我与小宛在半塘短暂客居时，知道金平叔最精通此香，便花重金从他那里购买了数次。这些香料，呈块状的净润可人，一根一根的，像树枝，像盘龙，可以在根部结节处，就着纹理梳捋。黄色里有紫色点染，夹杂着鹧鸪斑，拿来把玩观赏，也是很有意思的。

寒夜小室，四面帷帐，毛毯重叠，燃两尺红烛二三支，屋内陈设参差，案几错落排布，还有大大小小的宣炉，通宵燃火，光色灿然，有如流金粟裕。细拨新炉灰一寸厚，在灰上放置砂瓦，选香熏蒸，历经半夜，香气凝结，不焦烟也不淡去，如烟云包裹，似蜜糖黏结。热云香雾中，似有梅花半开，又仿如荷花鹅梨渗入鼻息，清甜沁脾。

回忆这些年来，我与小宛共恋此味此境，直到晓钟敲响都不肯睡下。我同小宛一起细品闺怨伤愁，感叹前人"红颜未老恩先断，斜倚薰笼坐到明"的处境。

那时，我和小宛就像置身于百花深处。而今，人走香散。

若有返魂香，我多想同小宛，于这间幽室之中重聚呢！

有一种生黄香，是从老树肿结处取下的还未凝结的香脂。我曾经路过三吴和白下两地，收集了一些生黄香脂，放在筐箱内，基本都是大块的，还有些是粤客自己带来的，其中不乏被泥土裹着的大株疙瘩。不管是什么样的生黄香脂，我都留心寻觅，带回去跟小宛清理，从日出到日暮，不厌其烦。我们让婢女徒手剥落，有时好几斤最后才得几钱的分量，巴掌大的只削得一小片，细心剔刮，纤毫不落。且不说焚香熏蒸，即便是拿在手里直接嗅闻，也是味如芳兰。盛放于小盘中的层层粒粒，色彩不同且香味迥然，可以把玩，也可以当作食材。

我曾给粤地友人黎美周看过这香，他茫然问这是何物，怎能如此精妙，即便是《蔚宗传》，怕也没有记载。东莞的香，又以女儿香为绝品，本地土著拣香后，都交由少女调制。女儿家会将大块的香藏起来，拿去偷换油粉胭脂,又有人从胭脂贩那儿赎买。我曾经从汪友那里得到几块,小宛尤为珍爱。

我的家宅跟园亭,但凡有空地,都会种植梅花。春来早晚出入,花开烂漫,如置身于香雪中。梅花刚含苞待放时,小宛会挪枝摆叶,参差交斜,形态有如几案净瓶里摆放的那样。或者隔年修剪,开放时节采摘回来,插花摆放。一年四季,草花竹叶,她无不慧心经营,领略各类芳草清雅。于是,我的小屋里常有幽香气息润泽弥漫。至于那些浓艳肥厚花草,她可就欣赏不来了。

秋天,她喜爱晚菊。去年入秋,小宛卧病在床。有客人送我剪桃红,花繁瓣厚,叶碧如染,枝干婀娜,有云雾团绕、风吹身斜之态。小宛当时已抱病三月,仍坚持起身,简单梳洗,把剪桃红摆在卧榻右侧,可见她多么中意这株花。

每日入夜,高燃翠蜡,用白团扇合围环绕,再将花摆于三面,设小座在花间菊影之中,参差横斜,明暗错落,美妙至极。小宛款款走进来,人在花中,花与人又都在烛火浮影中。她回望屏风映影,问我:"菊的意态很美,只是,人比黄花谁更瘦些呢?"

至今回想,那时情景,淡秀如画。

小宛闺中还养了九节兰和建兰,从春到秋,都有三湘七泽的气韵沐浴她的双手,平添几分芳香。她还用碧色纸笺亲手抄录《艺兰十二月歌》,贴在墙上。去年冬天,小宛生病,兰花也枯萎过半。楼下有黄梅树一株,每逢腊月,花开万朵,可供三个月插戴。去年冬天,她移居香俪园休养,几百株梅花竟然不开一朵,空听得松涛阵阵,更显凄凉。

3
月痴

小宛最爱月色,经常逐月而行,起落相随。夏天在小花园纳凉,她给幼子诵读唐人咏月和流萤纨扇的诗篇,不过半张榻席、一张小案,她也不停挪移,使得月光能够洒满。半夜归阁,她还要推开窗子,引月光照在枕席间;待月光远去,她还要卷起幔帐,倚窗寻望。

她对我说:"我抄写谢希逸的《月赋》,想到古人'厌晨欢,乐宵宴',大概是因为入了夜,月色闲静安逸,碧海青天,漫溢洁白,好似银霜素缟,比起赤日红尘,是仙界与凡尘之别。人生熙攘纷扰,入夜不休,也许有的人,还未等到月亮出来就酣然入眠了,这桂华露影的美景，自然无福消受。我们历经春夏秋冬，共赏月色的皓洁秀美，领略月夜的迷离幽香，仙路禅关，都在清净自得中打通了。"

李贺有诗云："月漉漉，波烟玉。"小宛每每读到这几个字，都要反复咀嚼回味，说天地日月的精神气韵，都给这一句写尽了——将"人身"置于"波烟玉"的世界之中，双眸如横波潋滟，气息若湘江薄烟，体肤似洁白玉石。人如月，月又似人，人与月合二为一，不禁觉得贾长江写的"倚影为三"，都显得多余了。至于"淫耽""无厌""化蟾"等词句，更是相形见绌，有如儿戏了。

4
食味

小宛生性淡泊，不嗜肥腻甘甜，每一餐都以芥茶一小壶温淘，再加几根水菜、几粒香豉，这样就足够了。我食量少，嗜好香甜美味、珍馐特产，又不爱自己独享，喜欢呼朋引伴，与友人宾客一起品食。小宛最懂我，竭尽所能，细心烹制，色香俱全，不胜枚举。我于此随便列出几种，就可见一斑了。

酿饴为露，加入盐梅，色香各异的花蕊，都在初放时采摘浸渍。花香花色历久弥新，花的汁味融到露中，入口扑鼻，香味奇绝，人间不常有。

最为上乘的，要数秋天的海棠露了。海棠花本无香，但制出来的海棠露，却甘饴可口，芳香袭人。

还有俗名叫"断肠草"的，以为不能食用，其实调制出来，比其他花露的风味更美。次之，就是梅英、野蔷薇、玫瑰、丹桂、甘菊这些了。

至于水果，比如橙黄、橘红、佛手、香橼，小宛皆去皮缕丝，色味更胜一筹。每次酒后，取出数十种泡果茶，五色浮动于白瓷茶碗间，解酒止渴功效显著，连仙露都不能及。将五月的桃子和西瓜榨尽汁液，果肉丝瓤过滤干净，文火煎至七八分时，放糖搅拌细熬。桃炼成膏，好似大红琥珀；西瓜成膏，可比金丝内糖。

每到酷暑，小宛都会洗涤水果，坐在炉边，静静地看火炼膏，仔细着不能熬焦了。炼成的膏按浓淡不同，可分为许多种，成色味道都有区别。

制作豉，最关键的不是味道，是色泽和气息。黄豆九晒九洗，剥去外膜，佐以各种细料，瓜、杏、姜、桂，和酿豉的汁，精细调和腌制。豉熟后取出来，粒粒可数，色香味非寻常能比。再取红乳腐，烘蒸个五六次，直至里肉酥软，然后剥掉外皮用以调味，几天后便大功告成。出来的味道，居然比在建宁县三年发酵的豆豉还要好。

还有冬天时腌制的许多菜品，小宛厨艺精湛，能使黄色如蜡，碧色如草。蒲藕笋蕨、鲜花野菜、枸蒿蓉菊这些植物，皆可作食材，满席流香。

熏肉久烹无油，味似松柏；干鱼则像熏肉，有麂鹿之味。醉蛤，形似桃花；醉鲟，骨若白玉；虾松像龙须，兔肉都能酥嫩得像饼馅儿，可用面卷着吃。另有菌脯像鸡粽，腐汤如牛乳，道道菜品妙不可言。

小宛细研食谱，只要得知有不同凡响的美食，都要前去求访学习，回来精心钻研，反复试验改良，烹制出来的新菜味道极佳。

5
流离

崇祯十七年（1644）三月十九日，李自成领导的农民起义军攻占北京，崇祯帝自缢于煤山。我身在老家，四月十五日才得知噩耗。

我们这里的官吏懦弱无为，城内盗匪肆虐，扬言焚烧抢劫；又听说郡中兴平伯高杰的兵马溃败，一派动荡乱象。当时，城里的乡绅大户，一时都作鸟兽散，纷纷逃离江南。我家世代礼贤忠义，父亲坚持守在家中，不肯出逃。

几天之后，城里上下三十余户，唯剩下我家还有炊烟。母亲、妻子惶惶不可终日，暂时避在城外，留下小宛照顾我。她闭门内室，整理衣物、书画、文券，分门别类，交由仆人婢女照管，每一包都亲手装封备注。

眼见盗贼横行，整日劫掠，杀人如麻，左邻右舍已经人影寥落，稀似晨星，我们势单力薄，独木难支，只得找了艘小船，携老幼家眷，冒险从南江逃到澄江北岸。

一夜行了六十里水路，到达湖州朱宅。当时江上盗贼蜂起，便计划着微服而行，改走偏僻小路，先将父亲送往靖江。夜半，父亲对我说："途中需要盘缠，可我们没有准备啊。"我去向小宛索要。只见她拿出一个布囊，里面装着散碎银钱，每十两都有几百小块，每包都标注好了数目，以便需要时救急。父亲看到，惊叹道：她怎么有工夫做得这么细致呢！

此时物价飞涨，以高于往常十倍的价钱都雇不到船。又等了一天，才用百金雇到十艘船，再用百余金招募两百人护行。刚行几里，江水退潮，船只受困，不得前行。遥望江口，数百盗贼乘着六艘船，呈掎角之势，守在险要处，虎视眈眈。幸好潮落，他们的船也不能动，我们才免此一劫。

此时，朱宅遣人涉水踏浪而来，报说："后岸有盗贼截去归路，不可回头折返了。给我们护行的这二百人，多为盗贼同党！"

听闻此话，十船的人都恐慌哗然，仆从们吓得呼号痛哭。我笑指江上，慷慨道："我家三代百余口人都在船上，从我先祖到我祖孙父子几辈，六七十年来，为官为人，无愧于心，无愧于人！假若今日，全都死于盗贼之手，葬身鱼腹之中，那就是苍天大地的无眼无情了！今日，潮水忽然早早而退，使贼船不能靠近，便是上天相助。你们不用怕，即使船上是敌国人马，也休想伤害到我们！"

昨夜我收拾行李上船，考虑到大江连海，老母幼子从未历此奇险，万一水路遭遇山石阻隔，就近上岸，又到哪里寻找车辆呢？三更时，我以二十金交付一个姓沈的人，让他帮我雇一辆马车和六个车夫。他和众人都很诧异，笑我道："明早起航，不到午时便能上岸，何故大晚上花钱，操办这样徒劳费力的蠢事呢？"我差人发告示，招募车马车夫，观者都觉得匪夷所思，荒诞可笑。

眼下，必须改乘车马才行。从登船到现在，我虽然一直神情自若,其实心里明白,我们已是进退维谷,无从飞脱,只得询问有没有别的路能通往湖州。船夫答:"横去半里,有小路六七里可以通往。"我马上命令将船划到岸边去,找到了三驾车,只能乘载七人。行李婢仆,不得不弃于舟中。

很快就抵达朱宅,众人都感叹我这一夜水陆兼程的奇遇。

盗贼知道我们半路逃脱,又闻得朱宅联络百人来护送我家的行李人丁,便暂时作罢。虽然散了,但他们仍不甘心,趁江上没有统辖管理的混乱时机,又聚集了一大群人,托信让我交出千金来,否则就要围攻朱宅,四面举火。我笑着答复:"盗贼过于愚蠢,江流之中不能阻我,现在想平地久战,围攻家宅,怎么可能呢?"

然而,虽然过了湖州,且有多人卫护,但不乏心怀不轨之徒。我倾囊破费,召全村的人过来,夜设酒席,让他们齐心守在庄外,以备不测。数百人饮完酒分完钱,都溜去其他地方了。

我们连夜逃亡,我一手扶老母亲,一手扶妻子,两个孩子年幼,小弟出生刚十天,由他母亲抱着,与一亲信仆从相携而行,从庄园后面竹林深处蹒跚而出。

亲眷诸多,我很难顾及周全,更是无暇搭手帮扶小宛,便回头对她说:"你走快些,跟在我后面,迟了就赶不上了!"小宛一人跌跌撞撞地颠簸了一里多,才赶到车马处,又披星戴月,五更时到达城下。所幸盗贼和朱宅中的不轨之徒,皆不知我们全家已逃离。

我们虽得以脱险,行李却丢了大半,小宛珍爱的物件也都遗失了。

小宛回屋对我说:"大难时,你要先照顾母亲,再照顾好你的妻子、儿子、小弟。你一路颠沛,不应顾我。妾身即便葬于野草中,也无憾。"

端午节,我回到家里,与城里那些奸贼恶徒周旋百余天,到了中秋时,才渡江去往南都。与小宛一别五月有余,腊月才回来重聚。

我们一家人随父亲赴督漕任职,离开江南,接着又客居盐官。经此一遭,我深深感叹小宛的深明大义与豁达变通,即便是读书破万卷的士子,又有谁能做到这样呢?

顺治二年(1645),我们一家逃难暂居盐官,五月,盐官沦陷。我的骨肉至亲不过八人,去年夏天在江上遇险,都是因为仆从多杂,百余人和笨重行李塞满车舟,不能轻身逃离。汲取教训,这回我决定置生死于度外,闭门决不外出。直到盐官城内自相残杀,动荡混乱难平,烽烟四起不息,父母终日恐惧不得安宁,才迁居城外大白。我让小宛一人带领众婢守在城里,不带一个随从一包行李,怕重蹈覆辙,为其所累。即使为了侍奉双亲、带妻儿流离,也准备只身一人。

然而,事不如意,家丁仆从带着行李违命逃出。清军逼近嘉兴,满人的剃发令下达,人心更是惶惶。父亲又得知惹山一带也已失守,内外交困,不知所措,我只能与小宛诀别。

我说:"此番逃难,不似在故里,还有仆从随行左右。而今我一人携老幼数人,实在不堪重负,与其临难时弃你于不顾,不如先将你另作安排。我有位挚友,讲信义有才情,我把你托付于他。此后你我若有缘再见,当结平生之欢。你自行决定,莫要以我为念。"

小宛说:"你说得对。你是全家大小的倚仗,全家性命与你攸关。我心里清楚,你堂上膝下,都比我重要百倍。倘若我为难你、拖累你,不但无益,反而会害了你啊。我随你的友人去吧,如果能自保周全,我便留着一口气,等你回来寻我;若有不测,前日与你纵观大海时,那波澜万顷之处,就是我的葬身之所。"

刚要出发,我父母舍不得小宛,不忍心丢下她,便带她一道同行了。自此百日,都辗转于深林僻路,夜宿于茅屋渔船。我们居无定所,今时不知明朝,或逗留一月再走,或逗留一日就逃,或者一天流亡数次,饥寒交迫,饱经风雨,艰苦非常,不能言表。而后又在马鞍山突遇兵马,屠杀劫掠,情形奇惨,幸得上天相助,找到一艘船,八口人飞渡江水,骨肉才得以保全。

可小宛一路惊悸劳累过度,已然要到所能承受的极限了。

◆◆◇ **卷三译记**
真味只是淡

第三卷，记录冒襄跟小宛在水绘园的美好生活，明末雅士的生活画卷缓缓铺开。

这一时期的上层文士，崇尚将生活艺术化，以美学视角打造生活，讲究闲情逸致，赋予衣食住行以文化内涵。

文人思潮随社会发展而演变，明末士大夫更关注个体感受，欲摆脱"程朱理学"的捆绑。文人袁宏道便提出"性灵说"，主张"目极世间之色，耳极世间之声，身极世间之鲜，口极世间之谭"；李贽的"童心说"，提倡表达个体的真实感受与真实愿望的"私心"，这个"私心"的艺术标准，就是"童心"。

在雅士们眼中，生活不是平淡琐碎的柴米油盐，它是视觉、味觉、嗅觉的无限诗意。

1
名厨

自明代正德、嘉靖年间开始，商品经济日渐发达，富商积累了大量财富，挥金如土，奢靡风气盛行。万历年间的《五杂俎》中就有记载：

> 今之富家巨室，穷山之珍，竭水之错，南方之蛎房，北方之熊掌，东海之鳆炙，西域之马奶，真昔人所谓富有小四海者，一筵之费，竭中家之产，不能办也。

俗雅对立，士大夫们的饮食理念与之相反，他们反对奢靡，注重养生，崇尚精致，喜好清淡蔬食，并寄乐于制作美食中。《菜根谭》中有云："醲肥辛甘非真味，真味只是淡。"口味清淡是道家的主张，它更成了明末士大夫的饮食风尚。所谓烹饪，不再是单纯地满足口腹之欲，而是赋予了其才情和信仰。

冒襄这样的男人，给他做饭不只要契合他的胃口，还要满足他的审美苛求。董小宛满分地完成了试卷，她和冒襄有天然的默契。

有个词叫"青楼菜"，以精致、精美为主要特征——青楼女子从来没有"过日子"的概念，在对美食的打磨上，她们的要求远远高于经济适用型的贤妻良母。当然，这需要足够的物质支持。

有了董小宛，冒襄口福不浅，况且冒襄喜欢与宾客共享，所以盘碟里摆的也是脸面，小宛必须"竭其美洁"，品位风味不能掉链子。"细考之食谱，四方郇厨中一种偶异，即加访求，而又以慧巧变化为之，莫不异妙"，可见董小宛在烹饪上力求进取、不肯将就的钻营精神。

董小宛厨艺精湛，制作素食堪称一绝，选取的食材以水果、蔬菜、野菜、香花、豆类为主，腌制的咸菜都跟涂了蜡一般，即使是肉食，也能烹制得清淡不腻。后世更将她与伊尹、易牙、太和公、膳祖、梵正、刘娘子、宋五嫂、萧美人、王小余等人，并称为"中国古代十大名厨"。著名烹饪理论专家陶文台教授在《中国烹饪史》一书中盛赞董小宛为"很有造诣的女厨师"，而董小宛流传至今的代表作，就是响当当的"董糖"和"董菜"。

清《崇川咫闻录》中记载：

> ……其精美,首推董糖。董糖,冒氏民妾董小宛所造。

如今的如皋董糖、扬州名点"灌香董糖""卷酥董糖"等,据传皆为董小宛研发首创。此外还有南京的"秦邮董糖"。据传董小宛返回南京秦淮后,终日思念冒襄,因知其嗜好甜食,故亲自下厨,将此糖自秦淮寄给冒襄,故称"秦邮董糖"。后世对此进行了考证,认为"秦邮董糖"是明朝翰林编修董璘所制。毕竟"秦邮"是"高邮"的地名别称,不能粗暴地将其理解为"从秦淮邮寄过去"。

不论是牵强附会,还是确有其事,民间都乐于把"董糖"的专利交给董小宛,提到"董糖",便自然而然地联想起这位才情伶俐的绝代佳人。

"董糖"的制作颇为考究,所需器具就有箩筛、粗筛、锅铲、芦穄把、炒锅、烧锅等,再以面粉、芝麻、白糖、麦芽饴糖为原料,经选料、熬糖、制糖芯、制糖骨、成型等多道工序而成。最后的成品呈扁长方体状,每块一寸见方,色白微黄,皮薄如纸,层次分明,剖面有旋状纹理,中心呈丹凤眼状。

小宛制作的糖品酥松香甜、入口易化、余味悠长、老少皆宜，所以常年制作，款待亲朋，馈赠好友。明朝覆灭后，冒襄偕董小宛归隐如皋水绘园，海内名流济济一堂，小宛便制酥糖飨客，众人赞不绝口，文人墨客赞之："香召云外客，味引洞中仙。"而后流传于商家作坊，仿作供市，为客人称道，三百余年，誉满大江南北。

关于"董糖"，还有一个与抗清名将史可法有关的传说。

相传当年史可法路过如皋，特地到水绘园见冒襄，董小宛敬仰他的英勇气节，当场拿出银锅银铲熬制，赠以酥糖，为之饯行，并让他带走两箱犒劳将士，以壮军心，抗清保城。

史可法见酥糖用红纸包裹，好奇询问缘由。小宛妙言答道，红色以示史大人赤胆忠心。史可法听后大为感动，谢道："蒙青莲馈赠珍品，爱屋及乌，深为感荷。此去扬州，如能获胜，我一定派人随青莲学做此糖，取名董糖，遍飨全军。"后来，清兵攻破扬州，史可法拒不投降。弹尽粮绝之时，史可法分食董糖，以壮士气。他殉难沙场时，衣袋里还有两块没舍得吃的董糖。因此后人说，董糖虽酥软，却有硬骨气。

在董小宛看来，烹制肉食也要有讲究、有意义、有说道。钱谦益就将"董菜"誉为"诗菜"，并赞其"珍肴品味千碗诀，巧夺天工万钟情"。

比如董小宛的原创董菜——鱼肚白鸡。

传言，冒襄曾设宴秦淮河，款待余淡心、杜茶村、白仲调诸友。众人起哄，非要小宛亲自下厨，展示一道此前从未做过的原创佳肴。小宛见大家兴致高昂，不好扫兴推却，便点头答应了。苦思冥想后，董小宛取水发鱼肚，塞入肥嫩的脱骨鸡于腔内，辅以佐料熬成一锅雪白的浓汤。此汤香滑可口，众人连连称妙，纷纷问菜名是什么，小宛便报出"鱼肚白鸡"四个字。

一旁的方密之瞬间品出其中深意，拍手大赞这"三人一锅炖"的新菜："吃掉这只鸡，剩下的不就是余、杜、白了吗？真乃'余子秦淮收女徒，杜生步武也效尤，白君又把尤来效，不道一齐下汤锅'。"一首即兴歪诗，逗得众人捧腹不已。

还有传闻说，苏扬传统名菜"灌蟹鱼圆"也是董小宛所创。现在人们常吃的虎皮肉，也叫跑油肉、走油肉，都是董小宛的发明，因此，它还有一个名字叫"董肉"。听着唐突，与董小宛的秀丽娴雅并不相称，倒是和"东坡肉"相映成趣。眼眼见快，板板聆声，刀刀显功，片片生津，被史可法称为"天下一绝"。

数百年沧海桑田，董小宛的音容才情，被牢牢记录在纸上与舌尖。

食、色，性也。

董小宛赋予了食物以恬静、浪漫的色彩，也给冒襄的生活带来美味与雅致。名妓与名厨集于一身，董小宛也算是空前绝后了。

2
芥说

《诗经》有云："采荼薪樗，食我农夫。"

很早以前，茶便进入了民众的生活。中唐以后，中国人饮茶"殆成风俗"，注重饮茶之趣，形成"比屋之饮"。

茶道始于唐，兴于宋。唐宋时，人们点茶、煮茶都以茶末为原料。历经元朝洗礼，明代开始崇尚草木之真味，还原茶叶的自然天性，大兴"散茶"。

至于烹茶之道，明朝苏吴一带常以"佳茗入磁瓶火煎"，也就是俗称的"壶泡法"。《影梅庵忆语》中，"文火细烟，小鼎长泉，必手自吹涤"，就呈现了此景。明代雅士用茶，一是讲求个干净，不能让残渣败了味道；二是讲求量小，便于掌握浓淡品味，"以小为贵，每一客一壶，任独斟饮,方得茶趣";三是注重环境,将饮茶视为缩微舞台上进行的艺术活动。万历年间的学者许次纾便在《茶疏》中,记录了适合饮茶的环境:

> 心手闲适,披咏疲倦,意绪纷乱,听歌拍曲,歌罢曲终,杜门避事,鼓琴看画,夜深共语,明窗净几,洞房阿阁,宾主款狎,佳客小姬,访友初归,风日晴和,轻阴微雨,小桥画舫,茂林修竹,课花责鸟,小院焚香,酒阑人散,儿辈斋馆,清幽寺观,名泉怪石。

董小宛跟冒襄"花前月下,静试对尝","碧沉香泛,真如木兰沾露,瑶草临波,备极卢陆之致"的情景,生动展现了明代雅士的茶道追求,一片清风皓月,万种诗意盎然。

冒襄嗜茶,对茶文化也颇有研究。在冒襄的著作中,就有一部《岕茶汇钞》,首语即是"茶之为类不一,岕茶为最",还有"贮壶良久,其色如玉,犹嫩绿"的形容。《影梅庵忆语》里,董小宛所烹的茶便是岕茶。

"岕茶"为中国第一历史名茶,也是明清时的贡茶,盛产于宜兴。曾创作《事茗图》的嗜茶才子唐伯虎,品味岕茶后,诗兴大发,作《咏阳羡岕茶》一首。诗云:

千金良夜万金花，
占尽东风有几家。
门里主人能好事，
手中杯酒不须赊。
碧纱笼罩层层翠，
紫竹支持叠叠霞。
新乐调成蝴蝶曲，
低檐将散蜜蜂衙。
清明争插西河柳，
谷雨初来罗岕茶。
二美四难俱备足，
晨鸡欢笑到昏鸦。

不用细解文意，都能体会到唐伯虎的开心，饮茶竟能生出欢脱的醉意来。

对岕茶的赞美，历史上留下的诗词不胜枚举。岕茶区别于普通绿茶的地方，就是它被视为珍宝的原因所在。第一，古人评价好茶的第一标准是茶色，岕茶色白，冲泡以后仍然是白色的，这样的茶香气足，且持久。第二，岕茶的香不是普通的茶香，《岕茶汇钞》形容其"作婴儿肉香，芝芬浮荡"，这种如婴儿体香般的味道，非但不会随着时间的流逝而变质,反而越来越浓烈。第三,岕茶产于山间,吸纳山石自然的灵气,是养生佳品——"产茶处,山之夕阳胜于朝阳。庙后山西向,故称佳。总不如洞山南向,受阳气独专,足称仙品"。

关于岕茶,还有一个值得玩味的寓言传说。

有个姓王的秀才,和冒襄一样,怎么考都考不中。沮丧失意之下,他来到宜兴的南岳寺,求高僧点化。高僧给他上了壶岕茶,茶叶在温水上静静漂浮。秀才品完,直言此茶无味,并问高僧沏茶何以用温水。高僧笑而不语,又用沸水给他泡了一壶。只见茶叶翻滚沉浮,茶香飘散扑鼻。高僧问:"同是岕茶,为何不同?"秀才还是不解其意,答说:"是温水和沸水的差别吧!"高僧笑了:"温水中,茶叶浮于水面,无味无香;沸水中,茶叶沉沉浮浮,茶香袅袅。茶,便如世间芸芸众生。"

王秀才终于领悟到了其中真谛,明白人生就是沉浮,沉浮就是历练,应学会在挫折中释放潜能、锻造智慧。于是他下山潜心苦读,终于金榜题名。

岕茶虽享有盛誉,在典籍逸闻中曝光度很高,但高昂的成本、繁复的制作工序,最终导致岕茶失传。

冒襄的《岕茶汇钞》中记载,岕茶对采摘时间的要求十分苛刻,"夏前六七日,如雀舌者佳,最不易得","往日无有秋摘,近七八月重摘一番,谓之早春,其品甚佳,不嫌少薄也";烘焙时要先"甑中蒸熟",因为"摘迟,枝叶微老,炒不能软,徒枯碎耳";蒸茶还要看"叶之老嫩,定蒸之迟速,以皮梗碎而色带赤为度,若太熟则失鲜。其锅内汤须频换新水,盖熟汤能夺茶味也"。

全套过程不能有毫厘之失。焙茶不是一蹴而就的,要慢工出细活,焙好之后还要复焙,用明火通宵进行,没有经验和耐心是做不好的。所以到了清朝雍正年间,它便销声匿迹了,成为中国茶文化的一大遗憾。

如今,很多宜兴本地人,都没听过岕茶之名。

有浮有沉,何尝不是岕茶的命运?

董小宛离世后,冒襄依然与茶为伴。鉴茶行家于象明曾送冒家岕茶,这位于家老爷子有自己的茶田,位于岕山的棋盘顶,每年收茶季都"躬往采制",先后制成了庙后、棋顶、涨沙、本山等名品。冒襄编写《岕茶汇钞》时,已垂垂老矣,收到于老爷子的礼物,感慨"二十年所无"。于象明洗茶烹茶,冒襄沉浸其中,发出"诚如丹丘羽人所谓,饮茶生羽翼者,真衰年称心乐事也"的感叹。

《岕茶汇钞》中还记录了一位"茶痴"的故事。"茶痴"名叫朱汝圭,称他为"茶仙"都不为过。朱汝圭自幼嗜茶,从十四岁开始就上山采茶制茶,每年春夏两次。六十年来,进山一百二十次,风雨无阻,从未半途而废。朱汝圭年至七旬高龄,仍然坚持上山采茶,整日洗茶涤器,"啜弄无休,指爪齿颊,与语言激扬赞颂之津津,恒有喜神妙气",在旁人看来近乎走火入魔。朱汝圭嗜茶而轻家,因为儿子不像他一样爱茶,还拒绝了其赡养。后来,朱汝圭又采茶供佛,以求往生"香国"——采茶供佛之礼便是始于朱汝圭。

冒襄当初写下《岕茶汇钞》,仅仅是喜好所致,以文墨分享品茶经验,并借茶为题,将生平情趣与所见所闻梳理成章。由于岕茶已失传,这一著作更有了研究意义,里面记录的奇人奇遇,让我们能一睹明清的民俗风景、茶道学问;也使得一个个小人物名留"茶"史,其执着与风骨,令后世惊叹感动。

有所热爱,并坚持不辍,这是莫大的幸福。

当我们忘却了优雅与平和,专注与精细,闲情与雅致,古籍书卷里的茶文化,于庙堂兴废间,市井变迁中,江湖风雨里,映照着翩翩风流名士,和一个个闪光的普通人。

3
如烟

《影梅庵忆语》第三卷,对品香的门道不吝笔墨。

明代中后期,文人们早已将焚香、熏香视为风雅生活的重要标志。同是生于明末清初年间的孙枝蔚,就在其所著《溉堂集》中,记有"时之名士,所谓贫而必焚香,必啜茗"一句。人可以穷,但必须要有精神追求。香,便是高洁风雅的象征。

视觉能分美丑,嗅觉能辨香臭。人类惯用感官来归类外界,把积极的那部分拎出来,比拟、歌颂,升华成人生哲学或精神信仰,如蝶之恋花,木之向阳。

远在战国时期,诗人就点名芷草、秋兰,屈原的《离骚》中,就有把秋兰芳草披挂在身的描述。

在没有香水和空气清新剂的从前,古典的香文化,伴随着中国文人走过了几千年文明史。它的创制、发展、演变,都清晰记录在史册。

秦汉时期,宫廷中佩香已成常事。《汉官仪》规定"尚书郎怀香握兰",并要"含鸡舌香,伏其下奏事"。唐玄宗时期,有个宁王,直接咀嚼沉香麝香,"启口发谈,香气喷于席上",跟现在的口香糖是一个道理。宰相杨国忠还疯狂建了座"四香阁楼","用沉香为阁,檀香为栏,以麝香、乳香筛土和为泥饰壁"。长安的富商王元宝,在床前置木雕矮童二人,捧七宝博山炉,彻夜焚香。

唐代文人中有许多制香、用香的高手,如王维、李商隐等。在他们的推动下,香具、香料均趋于完善,再有相关诗词的加持,"香"与"高雅艺术"终于对接在了一块儿。

到了宋代,香与茶、花、画并称,成为名流名媛优雅生活的必需品,是怡情养性的"四般闲事"。士大夫对精神生活的追求,佛道文化的发展盛行,都使香成为仪式化、神圣化的艺术行为。达官贵人也好,文人墨客也罢,皆恭敬焚香,细心品香。宋代诗人陈去非曾作《焚香》一首:

> 明窗延静书,默坐消尘缘;
> 即将无限意,寓此一炷烟。
> 当时戒定慧,妙供均人天;
> 我岂不清友,于今心醒然。
> 炉烟袅孤碧,云缕霏数千;
> 悠然凌空去,缥缈随风还。
> 世事有过现,熏性无变迁;
> 应是水中月,波定还自圆。

身心清净,悟入圆通,诗中所提的"戒定慧"是佛教词语。《楞严经》中有载,香严童子闻比丘烧沉水香而证罗汉果。到了明代,香学进一步跟佛学、理学结合,成为禅修与研学的一门功课。文人们喜好建造静室香斋,焚香鼓琴,评书品画,栽花种竹,清心乐志。

冒襄与董小宛坐香阁品名香,是当时盛行的艺术休闲活动。从行文中能看出,冒襄对香料研究细致,对香具也有要求。"大小数宣炉,宿火常蒸,色如液金粟玉",所谓"宣炉",即宣德炉。

宣德炉见证了明代香文化的鼎盛和铸造业的辉煌。

汉代以前,香炉的原材料多为陶、瓷、铜、铁、瓦。元末明初,金属冶炼技术迅速发展,宣德年间,朱瞻基亲自督办,在暹罗国的红铜中加入金、银等金属,参照柴窑、汝窑等名瓷器的款式,指派技艺卓绝的设计师和工匠,精工铸炼十余次,终于打造出了奇美的香炉——宣德炉。

此批共铸造出三千座香炉,每座都是限量款,因为以后再也没有出品。这些真品宣德炉多陈设于皇宫内院,还有权贵府邸,普通人难得一见。

人们对宣德炉无比渴望,仿制赝品从来没有停过,直到"民国"时期,还有部分官员召集工匠,依照宣德炉的图纸和工艺程序如法炮制。所得可以假乱真,连古玩专家都无法鉴别。

冒襄和宣德炉的缘分非比寻常。他是明代中人,是品香人,是宣德炉的狂热粉丝,也是将宣德炉记入作品的文人。

宣德铜炉歌为方坦庵年伯赋

龙眠先生须鬓皤,两朝鼎贵称鸣珂。
丝纶世掌遭迁播,邗江卖字书擘窠。
生平嗜古入骨髓,玩好不惜三婆娑。
有炉光怪真异绝,肌腻肉好神清和。
窄边蚰耳藏经色,黄云隐跃穷雕磨。
洼隆丰杀中规矩,红榴甘黛粉雷蜗。
我时捧视惊未有,精光迸出呼奈何。
恭闻此炉始宣庙,制器尚象勤搜罗。
宫闱风雅厌奇巧,炉燏精妙无偏颇。
或云流乌一夜镕宝藏,首阳铜枯汁流酡。
或云炼铜十二取轻液,式仿官瓷非鼐牺。
彝乳花边称最上,鱼蚰诸耳无相过。
博山睡鸭真俗丑,宋烧江制咸差讹。

工倕拨腊昭千古，香龙火暖浮金波。
宜香宜火宜几席，宁惟鉴赏堪吟哦。
百金重购拟和璧，旃檀函贮文犀驮。
后来北铸并南铸，道南施蔡皆幺麼。
乱真火色终枯槁，磨治雕凿蛟龙呵。
平生真赏惟忏阁，同我最好沈江河。
抚今追昔再三叹，怜汝不异诸铜驼。
一炉非小关一代，列圣德泽相渐摩。
我今为公作此歌，万事一往何其多。
歌成乞公书大字，明日且换山阴鹅。

宣德炉是明王朝全盛的历史见证。冒襄的炉中香，也是小宛在侧，红袖添香的美好铭证，寄托了他对亡妾的无限追忆。对冒襄来说，叹一座宣德炉，盼一粒回魂香，是对故国的怀念，也是对小宛的思恋。

如冒襄这样的明朝遗老，将博大雄浑的汉文化带入到清朝。清代康乾盛世，香成为文房书斋的典型陈设。之后，清朝腐朽没落，中华大地军阀割据，西方文化吞噬传统国学，战乱穷困让老百姓疲于奔命，精神生活粗糙简陋，香文化也便随之没落了。

如今还有多少人，乐意在轻烟袅袅中静观自心，在气味的盛宴里，靠近天地至理，洞悉万物玄机呢？

4
君子

冒襄爱兰，从《影梅庵忆语》第一卷中就能窥见。他与陈圆圆重逢时，就有一句"至果得见，又如芳兰之在幽谷也"。

本卷中也有这么一句：

> 闺中蓄春兰九节及建兰，自春徂秋，皆有三湘七泽之韵，沐浴姬手，尤增芳香。《艺兰十二月歌》皆以碧笺手录粘壁。

在冒襄的作品中，有专门写兰花的小品文《兰言》，收录于《巢民文集》。

兰花迎寒怒放，清香傲人，诗人常常以兰比喻君子隐士。陶渊明说"幽兰生前庭，含薰待清风"，李白也用"兰秋香风远，松寒不改容"歌颂兰花的忠直坚韧。明清的文人雅士也推崇兰花，以其品性谓人格。

兰花本是名词，后来成了形容词，如"兰章"指诗文之美，"兰交"喻情谊之真。张潮在《兰言》文后补充：

> 巢民冒君，以朋友为性命，金兰之契，
> 遍于海宇，九畹馥而百晦芬。宜其叙兰事，
> 如数家珍也。

冒襄写兰，也跟他身处改朝易代时期的焦虑有关。君子之节，诉于文，寄喻于兰。

而冒襄写梅，除了君子的喻指，必然也发乎真爱了。要不然，怎会有"影梅庵"之名呢？"余家及园亭，凡有隙地，皆植梅。"董小宛在梅花含蕊时，就端详花之横斜，修枝选瓶，摆放成景。冒襄曾经写过《花朝日咏瓶中腊梅》：

> 前年腊尽腊梅枯，今年花朝花芬敷。
> 东风一月不解冻，大雪两番浑如铺。
> 故留冷香闲春意，绝似黄蜂恋蕊珠。
> 遥怜岭上冲寒色，绿压红欺千万株。

梅花更是董小宛最好的代言。她本清雅，霜雪不摧，后置于瓶中，平和绽放，却在屋檐倾塌时，摧折枯萎。

董小宛去世前,楼下黄梅有异,数百株竟不生一蕊。

私以为,兰似冒襄,梅如小宛。

梅兰竹菊四君子中,小宛最美的影像留在了菊花丛中。菊从"鞠",意为"穷"也。

花事至此而穷尽,故谓之菊。

冒襄借着对董小宛的追忆,以个人生活的亲身领会,将烹饪、茶道、香道等中国典型的文化现象逐一解读。

一字一帧,如梦似幻。这不只源于文法,更源于艺术活动的魅力。

这些取于自然,又朝向自然的艺术活动,才是人类文明的高贵所在。

◆◆◇ 卷四译文
何来忆语签先告，
邗上谱姬成谶言。

1
疾苦

秦溪蒙难之后，我一家八口幸得脱险。当时，我们的仆从婢女有二十多人惨遭杀掠，随身的家当行李也所剩无几。

动荡稍稍平定后，我们又颠沛到海宁，向诸友告急。当时连被褥都没有，只能去方坦庵年伯处借宿。他也是出去避难刚回来，我与他家三位兄弟，裹着仅有的一席毯子，睡在偏房。

时值深秋，寒风四起。第二天，我们四处乞讨，凑了些柴米，才把父母家眷接到暂住的地方。我则染了风寒,痢疾也犯了。支一张白木门板,离地只有一尺高,勉强可作为床榻,再将破布碎棉堆起来当被子盖。炉火煨桑祭神,病重无药可补,只能听天由命了。

祸乱阻了吴门路,听说家乡也已经满目疮痍。重阳之后,我昏沉卧病,好在在冬至冻死之前,忽然就有了好转,寻得破舟一只,穿过遍野横尸,冒险渡江。但我还是不敢回乡,只能暂时住在海陵。

从冬到春,经时一百五十多日,我的病才痊愈。在这一百五十多天里,小宛只卷了片破席,睡在榻边,天寒时抱我暖身,天热时给我扇风,疼痛时为我按摩。我有时枕她的身子,有时抱着她的腿脚,各种起卧折腾,她都侍奉左右。只要能让我舒坦些,她都以身劳作,无所不及。漆黑寂静的漫漫长夜,她也眼明耳聪,留意着我的响动,照顾我的病体。

小宛手口并用,喂我服药;观嗅粪便,为我的身体状况或忧或喜。她每天只吃一餐粗饭,整日跪着,要么跪拜祈天,要么跪守榻前,宽慰开解,生怕我悲苦绝望。我生病时情绪失控,时常发怒,她没有一点埋怨。五个月有余,就如同一日。

眼见着她一天天面黄如蜡,骨瘦如柴,母亲和妻子心疼她,都想帮替她照料,她说:"我必竭尽心力,与他生死相从。他活下来,我死而犹生;他若有不测,我留此身于乱世,又能寄托于谁?"

我生病最厉害的时候,整夜不能安睡。当时盐官城中杀声呼啸,每天数百人丧命。夜半时分,鬼声凄厉,徘徊窗前,锥心刺耳。一家人在饥寒交迫的疲乏中倒头深睡,我背靠在她胸口,她紧握着我的手,倾耳静听,那惨绝悲凉之象,令人伤感泪流。

小宛对我说:"我进你家门已整整四年了,日夜见君所为,慷慨有风骨,严谨细致,不沾恶行,你的委屈和无奈,我心知肚明。我敬你之心,胜过爱你之身,鬼神知你,皆会避退;苍天知你,必会庇佑。但人生值此凶险,乱世跌宕,人非金石,难料无常。若有劫后余生,你我就超然万物,自在逍遥吧!此时词语,愿君切莫忘记。"

回想起来,我不禁悲从中来。她断断不是人世的俗凡女子,对小宛,我此生无以为报。

顺治四年(1647),我受逸言诽谤之困,千夫所指,举步维艰,长夏郁结难纾,有如巨石在胸,只能早晚焚纸,敬拜关公。病体久拖,又染上怪病,肠胃里似有千块石,身体忽冷忽热,常常胡言乱语,要么就几天几夜醒不来。医者无策，只能乱开药方施救，而我的病症却更加严重，有二十多天，连一勺水都未进。

这一回，人人都以为我难逃此劫，必死无疑了。我心里明白，这病非外邪所侵，而是内忧所致。酷暑时节，小宛不挥汗，不驱蚊，昼夜坐在药炉旁，寸步不离地照料我，足足六十个昼夜，我想到的、没想到的，她都顾及周全。顺治六年（1649）秋天，我背上生疮，她又陪着我熬了百日。五年时间里，我病危三年，且都是致命的重疾。我能死里逃生，尽是小宛之功。然而如今，她却先我而去，其临终所忧，竟是怕我在她走后病情加重，又怕她不在世间，无人能好好照料我。

她对我情深意长，生死缠绵。想到这些，着实心痛啊！

2
忆语

每逢元旦，我都会在关帝君前，卜一签问年运。崇祯十五年（1642），我特别想谋取功名，便祷告求签。签首第一字，是一个"忆"字。签上说：

忆昔兰房分半钗，

如今忽把音信乖。
痴心指望成连理，
到底谁知事不谐。

我当时不解，这一签怎么看都跟功名无关。而在四月三十日那天，我遇见了小宛。

金山一别后，小宛闭门持斋等我，为终身相托之愿，去虎疁关帝君那里求签。当时求得的，竟然也是此签。

秋时我路过秦淮，她将此事告知于我，为那句"事不谐"而忧虑。我听后甚为惊讶，告诉她说，我元旦时也是求得此签。当时有位友人在旁，说："我去趟西华门，给你们二人合卜一签好了。"

他求得的，仍是此签。

小宛更加疑惧，害怕我得知"不谐"一说，放弃这段缘分，不禁忧形于色。好在后来，她的心愿也算是达成了。

"兰房""半钗""痴心""连理"，都是闺阁风月之词，至于"到底""不谐"二词，今日也应验了。一声叹，我的有生之年，都将是长相忆的漫漫光阴——"忆"字的玄机，我终于懂了。

3
诗咏

小宛的衣服首饰,都在逃难时遗失。后来她也是简朴至极,不置一物。

顺治五年(1648)七夕,小宛见天上流霞,忽然起兴,要做一对金钏临摹此景,还让我书写"乞巧"于金钏之上,只是不知道另一只写什么来对应。

她说:"昔日在黄山巨室,看到覆盖着祥云的真品宣德炉,款式佳绝,就以'覆祥'对'乞巧'吧。"

于是我在另一只上写了"覆祥"。这对金钏,镌摹甚妙,一年后忽然从中断开,我们又重新做了一对。适逢七月,我重新写了"比翼""连理"四个字镌上去。她在临终的时候,从头到脚,不见珠宝绫罗,唯独手中紧紧攥着那对金钏,因为上面有我的题字。

唐朝长生殿的私语,是在杨贵妃死后,由洪都道士向明皇述说转达的。如果所书所言不那么潦草,哪里还会有后世的《长恨歌》呢?

小宛的书法风格秀媚,一开始学钟繇钟太傅,后又学《曹娥碑》。我每次批注书籍,她一定在旁观摩,或是静夜焚香,细细手录。当初小宛抄录下来的那些册子,竟然都成了遗物。她偶尔小发诗兴，也会吟咏几句，大多都没有保留。

去年新春二日，她为我抄录《全唐五七言绝》上下两卷，偶然读到七岁女子所作"所嗟人异雁，不作一行归"之句，不禁凄然落泪。到了晚上，她为这诗和了八绝，字句哀声怨响，让人不忍卒读。当时我挑灯一看，觉得不祥，便夺走焚毁，这篇诗稿也便永不见天日了。沉痛不已啊！现而今，我也觉得自己永不见天日了。

去年三月，我欲再去盐官镇，探访患难时帮扶我的友人们。到城边，遇到同社好友，便逗留下来。当时我年正四十，名流皆为我赋诗。龚奉常写了小宛与我的故事，有数千字，《帝京篇》《连昌宫》都不能与它相比。奉常写道："你不自己批注，我的苦心就白费了。如'桃花瘦尽春醒面'七字，与你己卯醉晤、壬午病晤两番光景相合，不说明，又有谁知其详呢？"

我深以为然，当即并未下笔。当时还有其他人写的，如园次写的"自昔文人称孝子，果然名士悦倾城"，于皇的"大妇同行小妇尾"，孝威的"人在树间殊有意，妇来花下却能文"，心甫的"珊瑚架笔香印黁，著富名山金屋尊"，仙湖的"锦瑟蛾眉随分老，芙蓉园上万花红"，仲谋的"君今四十能高举，羡尔鸿妻佐春杵"，吾邑徂徕先生的"韬藏经济一巢朴,游戏莺花两阁和",元旦的"娥眉问难佐书帏"。绝好文章,都是为我幸得小宛而作。谁料这些助兴之辞,竟然成了小宛的墓志。

人们读到我这篇杂述,当知诸位好友的诗文之妙。只是时过境迁,春去不回,无论是奉常的诗,还是小宛的人,全都化作了往时残梦。拖延到今日,我当以血泪笔墨来补书了。

4
大梦

三月尾,我又移居在友沂的"友云轩"。

卧听风雨,思亲怀家。晴夜,龚奉常和于皇、园次过来看我,一同饮酒,听着仆人的管弦和音,归心更切。当时我们限韵作诗,各成四首,不知为何,诗中都有悲凉哀怨之意。

三更后,好友别去,我刚安枕,便梦回家中。梦里面全家都在,唯独不见小宛。我急问妻子小宛在何处,她闭口不答。我又遍屋苦寻,只见到妻子背着我流泪。

我在梦中大叫道:"难道小宛是死了吗?"

我悲恸惊醒。

小宛每年春天都要生病,我深深担忧疑虑,马上归家。见到小宛安然无恙,便将这个梦讲给她听。

她说:"真是奇怪,我昨晚也梦到几个人要把我掳走,我藏了起来,才得以脱身,那些人还叫骂个不停呢。"

谁料得,而今的命运早已被告知?
回想来,果然梦已成真,诗皆成谶。

◆◆◇ **卷四译记**
哀辞生死茫茫

第四卷是《影梅庵忆语》的完结篇，以"忆"字解题，以谶意收尾，戛然而止处，是生死两茫茫。

小宛去世后，冒襄哀思两月有余，奋笔两天两夜，写下了两千四百言哀辞。《影梅庵忆语》便是基于其哀辞框架的扩充。

现将《亡妾董氏小宛哀辞》的部分内容摘录翻译，以便读者比较：

> 嗟乎小宛，定皎志于一言，殚芳心于九岁。非余爱妾，乃余之静友也。余生平自负才识，虽浪得浮

名，究竟未有殊遇。肝胆和盘，鬼神密许，人翻以太行见岨。独子先澄蚕识，后坚深信，中间间关险陷，以及流离患难，疾病死生，不渝其志。子非仅余之静友，实余之鲍叔、钟期也。天下有一人知己，死而不憾者。故与子至情可忘，至性不可忘，衾枕可捐，金石不可捐。然终已矣，蕙帏无骘虢，岂枯管遂生精神哉。乃余抆泪溯洄，有不意得之子者，有不意失之子者。诚然无间，不复知天地间有何美好者，逖然瞿然，似微有负于子，子反不以我为负子者，血丝一缕，倒为长河。

小宛啊，一句盟誓，定下终身之志，九年为伴，竭尽芳心之守。

她不只是我的爱妾，她更是我志同道合的朋友。

我自诩才华不凡，虽浪得浮名，但信我知我者寥寥。

在我遭蒙批判、千夫所指之时，

她从开始到最后，都支持我、深信我。

其中艰难险阻，饱受磨难，历经生死，她都矢志不渝。

她不是我的朋友，她更是我的鲍叔、子期，我的知音。

天下有一知音,死而无憾了。

所以,即便她的深情可忘,品性也不可忘,枕被可失,金石无价。

可是,这一切终究是结束了。

人去灯枯,不可复燃,我只能拭泪回首。

在过去的时光中往返追忆,有得有失,有爱有愧。

缥缈虚无之中,恍然惊觉,美好不复。

隐隐觉得我对不起她,可她一直不觉得我有负于她。

血丝一缕,倒为无尽长河。

——这篇序言开启了对董小宛的追忆。与《影梅庵忆语》相比,冒襄明确了对小宛的定义,不只是"亡妾",更是逝去的"静友"、知音。更为难得的是那句"微有负于子",小宛香消玉殒后,冒襄深知世上再无第二人能这般待他,已经养成的依赖、姗姗来迟的爱情,被横刀阻断,九年清福一朝化梦。"子反不以我为负子者",不问得失、舍身忘我的陪伴,怎能释然?怎可复得?他明白此生亏欠小宛,再也无法补偿了。

冒襄对小宛的深情,终于在她水滴石穿的坚守中萌芽,在天人永隔时疯长,在悲悼回溯中确定。

他本以为,这个渴求脱籍赎身的青楼女子会是个包袄，屡次三番想要甩之而后快。在病得死去活来的五年中，如果没有董小宛的悉心照料，他未必挺得过来；在四面楚歌、众口铄金的困境里，如果没有小宛的劝导和安慰，他未必挺得过来。

董小宛把他拉出了深渊，这是情，更是恩。

《楚辞·远游》有云："时髣髴以遥见兮，精皎皎以往来。"冒襄的全篇哀辞，在引经据典的诗意中拉开了帷幕。

  缅昔己卯，应制白下。一时名流，歌翻子夜。
  双成十六，竞誉芳姿。怡情茂苑，莺燕参差。

怀想那一年，我去南京赴考。秦淮河畔，名士佳人，歌舞喧嚣，盛极一时。

有一位年方十六的女子，引得众人赞叹，她就是董小宛。楼台四围，莺燕高低飞舞，赏心怡情。

—— 言简意赅，情景交融。

  桐桥楼晤，病剧黄昏。萧懒数言，骤许

姻盟。

转讶娇痴，相视而笑。岂繁侠识，静观
我妙。

井水不澜，铁心匪席。之死靡他，金夫
遄责。

虎嶁北固，秦淮銮江。劳劳往来，自买
孤艒。

黄昏残阳，在水畔桥边的小楼里，我和小宛久别重逢。

她抱恙在身，病体难支。只言片语的寒暄后，突然说要以身相托。

我们相视而笑，她打量我的神态，就似素昧平生一般，娇柔痴神。

此后，小宛铁心追随，矢志不渝。

但她欠下的债务还未偿清，不时沦于进退维谷的险境。

虎嶁、北固、秦淮、銮江，她一路寻我，甚至不惜自买渡船。

——"匪席"引自《诗·邶风·柏舟》，"我心匪席，不可卷也"，形容意志不屈。"靡他"的出处是《诗·鄘风·柏舟》，"之死矢靡它"，也是心无二志的意思。

小宛的穷追不舍，冒襄并没有大书特书。两文篇幅侧重不同,冒襄对个人魅力的自夸,于哀辞中要收敛许多。

  桂影露华,夜天玉砌。纨扇流萤,接景生媚。
  朴巢邃古,涌月涟漪。搴枝泛碧,清赏针磁。

桂影拂动,露华正浓,夜色星月璀璨,有如玉砌。
团扇轻摆,流萤飞舞,此景此情,交相辉映。
朴巢树下,古意悠悠,静谧空寂。
月色在树影中荡漾,如水面涌起涟漪。
我们折枝赏叶,兴味盎然。

——此段描绘的是在水绘园相伴赏月的一幕;在《影梅庵忆语》中,写下了此景中的品诗之论。哀辞绘景,忆语抒意,互为补充。

  雨泣风啼,林荒鬼啸。苦历殊境,并肩寂照。
  天佑归来,万有敝屣。物外人外,鬓影可倚。

狂风哀嚎,暴雨悲啼,荒林阴森,野鬼哭叫。
一路流亡颠沛,我俩相依为伴,
她说,如果幸得上天护佑,死里逃生,
那就抛却俗世负累,超然于世外。
无论在哪里,都如影随形,不离不弃。

——"鬓影"一词通常指代女性,李贺《咏怀》中写道,"弹琴看文君,春风吹鬓影";骆宾王的《在狱咏蝉》也有"那堪玄鬓影"一句,写于患难被囚之时,与冒襄处境相似。"鬓影可倚",是冒襄对小宛的依赖,经此一劫,他的态度已有了微妙的变化。

  重整窗岫,大隐深闺。白云闲闲,缭绕
双栖。
  旧月旧花,载觞载咏。细字涛笺,俪形
玉镜。

而后,我们终于得来岁月静好,重理家宅,隐于深闺。
白云舒卷,似我俩缠绵缱绻。
月似旧时,花如往日,触景生情,顿觉沧海桑田,下笔千言。
浣花笺的细字,玉镜之中,我们身影成双。

——"白云闲闲"取自唐代道士吴筠的《翰林院望终南山》,"青霭长不灭,白云闲卷舒";"双栖"与"俪形"都指代夫妇间的亲密关系,如是的形容在《影梅庵忆语》中几乎没有。

  一息数啾,娇喘气幽。香喉粉碎,靡勺不流。
  火灼水枯,脾虚肺逆。呼吸泉室,神犹㛠㛠。

小宛病重,每一次呼吸都咳嗽数声,喘息不停,气若游丝。

喉咙已然溃烂,脾肺脏腑元气耗尽,无药可救了。

——《影梅庵忆语》中,并没有对董小宛的病症进行描述,可从这段哀辞中窥见一斑。弥留之际的境况,也许是冒襄不忍再追忆复述,故而省却了。

  计子之年,才逾廿七。相从几何,九岁瞬息。
  中多颠沛,刚好四年。四年倒极,准当

十千。

　　十千艳异,今化彩云。子归何处,我谁与群。

　　翼鸟迷林,比鱼失濑。朝不辨明,夕不省昧。

算算她的年纪,刚刚过二十七岁啊。

她跟从我的岁月,忽然止步在第九年。

这九年,清平时日少,流离苦难多,有四年都在辗转颠沛。

四年的万轮日夜啊,朝朝暮暮、丝丝缕缕的美好,都化作彩云飘散了。

你究竟去往何方?今后我同谁与共?

我是迷失于丛林的鸟,

我是被河流遗弃的鱼,

早上不觉天明,入夜不觉昏暗,

六神无主,浑浑噩噩。

——从这一段开始,冒襄笔墨如急流,层层激荡,撞击心怀,泼泼洒洒尽是物是人非。

　　怛哉子言,不忍我病。我不可病,我宁

可死。

　　我不可死,令子独死。自子之死,生趣渐尽。

她曾惶惶难安,不忍我久卧病榻。
其实我宁可死,也不愿受这样的折磨。
但我不能死啊,我不忍将她留在世上,独自终老。
而今她却先行一步,留我一人,了无生趣。

　　有求不得,有意谁徇。象罍隐篆,兔瓷失香。
　　简编飘散,零落都梁。孤松长号,黄梅结蕤。

还想同你说话,可再听不到回音了。
宅内四顾,铜鼎花瓷,都因你的离逝,暗淡无华。
书画遗散,一路战乱流亡;
松涛哀鸣,万朵黄梅无香。

　　灵有与无,何从幽洞。呜呼痛哉,呜呼伤哉。
　　春草方生,绮罗竟尽。琴瑟在御,泉途

将宫。

满怀伤痛,你可有魂灵,魂灵何往?
春草萌生,可佳人不再。
琴瑟和美,却阴阳永隔。

  有台有池,有庵有篱。上荫五粒,下生连枝。
  桃花为泥,黄绢为辞。虽艰血胤,永寿丰碑。

这水绘园,有亭台水池藩篱,交相掩映着影梅庵。
枝叶繁茂,盘根连理。
就以桃花为泥,诗文为铭,血脉虽然无继,此情永世不朽。

  从来悼亡,无此支离繁缛者。孤灯自读,凄风飒雨,悲音起帘栊,振林木,能令搏黍巧啭化为望帝精魂,抑使庭下香雪数十株,咸闭影零英,泥为尘土。嗟乎,奉倩之神伤矣!文通之才尽矣!亡妾有灵,应怜余报知酬德之一念,而世之读此者,当知登徒子非好

色者也。

从古至今的悼亡哀辞,从来没有像我这般零碎繁杂的行文吧。

孤灯下自读,凄风苦雨,大放悲声,帘栊掀起,林木战栗,黄鹂鸟的婉转哀鸣也能化作望帝精魂,庭前数十株白花,都纷纷凋零,化作泥土。

我已神伤才尽,倘若亡妾有灵,应明白我对她的感谢与怀念。

而读者阅此哀辞,也应知道我用情至真,绝非浪荡的好色之徒。

冒襄自比为"奉倩之神伤",奉倩即三国时期的魏国荀粲,因妻子病逝,痛不能已,岁余亦死,年仅二十八岁。

这篇《亡妾董氏小宛哀辞》,字字泣泪,文采斐然,仿佛能听到冒襄铿锵的悲悼。

对应《影梅庵忆语》卷四的内容,哀辞原文的情绪更为激烈,挥挥洒洒,尽是剜心之痛,坦诚真切,力透纸背。

书写《影梅庵忆语》时,冒襄的情绪平复了许多,他破除了工整的格律框架,行文走笔轻灵曼妙,是情意融融、柔肠百转的絮语,对"悲"的宣泄也更为克制。这种克制,反而生发出又一种力量感,留白隐藏的部分,耐人寻味。如果《影梅庵忆语》写在前,怕是另一番景象。

哀辞与忆语,一体两面,各有千秋。在不同的叙事规则和体裁约束下,形成截然不同的观感。

若干年后,《影梅庵忆语》因为它真实的生活质感,和独特的行文风格,被后世文人称道并跟从效仿。

影梅庵的回忆结束了,"忆语体"的文学史才刚刚开始。关于冒襄和董小宛的传说,也才刚刚开始。

◇ 原 文 ◇

◆◆◇ 卷一

爱生于昵,昵则无所不饰。缘饰①著爱,天下鲜有真可爱者矣。矧②内屋深屏③,贮光闃④彩,止凭雕心镂质之文人描摹想像,麻姑⑤幻谱,神女浪传。近好事家复假篆声诗,侈谈奇合,遂使西施、夷光⑥、文君、洪度⑦,人人阁中有之,此亦闺秀之奇冤,而啖名⑧之恶习已。

---

① 缘饰,文饰,修饰。
② 矧(shěn),况且。
③ 内屋深屏,出自唐代李贺的《秦宫诗》:"桐英永巷骑新马,内屋深屏生色画。"
④ 闃(qù),静寂,没有一点声音。
⑤ 麻姑,道教人物,寿仙娘娘。
⑥ 夷光,即西施,中国古代四大美女之一。
⑦ 洪度,唐代女诗人。
⑧ 啖名,贪求虚名。

亡妾董氏，原名白，字小宛，复字青莲。籍秦淮，徙吴门。在风尘虽有艳名，非其本色。倾盖矢从余，入吾门，智慧才识，种种始露。凡九年，上下内外大小，无忤无间。其佐余著书肥遁，佐余妇精女红，亲操井臼，以及蒙难遘①疾，莫不履险如夷，茹苦若饴，合为一人。今忽死，余不知姬死而余死也！但见余妇茕茕粥粥，视左右手罔措也，上下内外大小之人，咸悲酸痛楚，以为不可复得也。传其慧心隐行，闻者叹者，莫不谓文人义士难与争俦②也。

余业为哀辞数千言哭之，格于声韵不尽悉，复约略纪其概。每冥痛沉思姬之一生，与偕姬九年光景，一齐涌心塞眼，虽有吞鸟梦花③之心手，莫能追述。区区泪笔，枯涩黯削，不能自传其爱，何有于饰？矧姬之事余，始终本来，不缘狎昵。余年已四十，须眉如戟。十五年前，眉公先生谓余视锦半臂、碧纱笼④，一笑瞠若，岂至今复效轻薄于漫谱情艳，以欺地下？倘信余之深者，因余以知姬之果异，赐之鸿文丽藻，余得藉手报姬，姬死无恨，余生无恨。

---

① 遘（gòu），相遇。
② 俦（chóu），侣也，匹配。
③ 吞鸟梦花，出自《艺文类聚》，比喻才华出众，文辞华美。
④ 锦半臂，华丽衣服，代指爱宠、美女；碧纱笼，代指功名利禄。

己卯初夏,应试白门①,晤密之,云:"秦淮佳丽,近有双成,年甚绮,才色为一时之冠。"余访之,则以厌薄纷华,挈家去金阊矣。嗣下第,浪游吴门,屡访之半塘,时逗留洞庭不返。名与姬颉颃②者,有沙九畹、杨漪炤。予日游两生间,独咫尺不见姬。将归棹,重往冀一见。姬母秀且贤,劳余曰:"君数来矣,予女幸在舍,薄醉未醒。"然稍停,复他出,从花径扶姬于曲栏,与余晤。面晕浅春,缬眼流视,香姿玉色,神韵天然,懒慢不交一语。余惊爱之,惜其倦,遂别归,此良晤之始也。时姬年十六。

庚辰夏,留滞影园,欲过访姬。客从吴门来,知姬去西子湖,兼往游黄山白岳,遂不果行。辛巳早春,余省觐③去衡岳,由浙路往,过半塘讯姬,则仍滞黄山。许忠节公赴粤任,与余联舟行。偶一日,赴饮归,谓余曰:"此中有陈姬某④,擅梨园之胜,不可不见。"余佐忠节公治舟数往返,始得之。其人淡而韵,盈盈冉冉,衣椒茧时,背顾湘裙,真如孤鸾之在烟雾。是日演弋腔《红梅》,以燕俗之剧,咿呀啁哳之调,乃出之陈姬身口,如云出岫,如

---
① 白门,南京的别称。
② 颉颃,原指鸟上下飞翔,引申为不相上下之意。
③ 省觐,探望父母或其他尊长。
④ 即陈圆圆,为避时事之讳,隐去了名字。

珠在盘,令人欲仙欲死。漏下四鼓,风而忽作,必欲驾小舟去。余牵衣订再晤,答云:"光福梅花如冷云万顷,子越旦偕我游否?则有半月淹也。"余迫省觐,告以不敢迟留故,复云:"南岳归棹,当迟子于虎邱丛桂间。盖计其期,八月返也。"余别去,恰以观涛日奉母回。至西湖,因家君调已破之襄阳,心绪如焚,便讯陈姬,则已为窦霍豪家掠去,闻之惨然。及抵阊门,水涩舟胶,去浒关十五里,皆充斥不可行。偶晤一友,语次有"佳人难再得"之叹。友云:"子误矣!前以势劫会者,赝某也。某之匿处,去此甚迩,与子偕往。"至果得见,又如芳兰之在幽谷也。相视而笑回:"子至矣,子非雨夜舟中订芳约者耶?曩^①感子殷勤,以凌遽^②不获订再晤。今几入虎口,得脱,重晤子,真天幸也。我居甚僻,复长斋,茗椀炉香,留子倾倒于明月桂影^③之下,且有所商。"余以老母在舟,缘江楚多梗,率健儿百余护行,皆住河干,矍矍欲返。甫黄昏而炮械震耳,击炮声如在余舟旁,亟星驰回,则中贵争持河道,与我兵斗。解之始去。自此余不复登岸。越旦,则姬淡妆至,求谒吾母

---

① 曩(nǎng),以往,从前。
② 凌遽,战栗恐惧。
③ 桂影,月影,月光。

太恭人,见后仍坚订过其家。乃是晚,舟仍中梗,乘月一往,相见,卒然曰:"余此身脱樊笼,欲择人事之。终身可托者,无出君右。适见太恭人,如覆春云,如饮甘露,真得所天。子毋辞!"余笑曰:"天下无此易易事。且严亲在兵火,我归,当弃妻子以殉。两过子,皆路梗中无聊闲步耳。于言突至,余甚讶。即果尔,亦塞耳坚谢,无徒误子。"复宛转云:"君倘不终弃,誓待君堂上昼锦旋。"余答曰:"若尔,当与子约。"惊喜申嘱,语絮絮不悉记,即席作八绝句付之。

归历秋冬,奔驰万状,至壬午仲春,都门政府言路诸公,恤劳人之劳,怜独子之苦,驰量移①之耗,先报余。时正在毗陵,闻音如石去心,因便过吴门慰陈姬。盖残冬屡趣余,皆未及答。至则十日前复为窦霍门下客以势逼去。先,吴门有昵之者,集千人哗动劫之。势家复为大言挟诈,又不惜数千金为贿。地方恐贻伊戚,劫出复纳入。余至,怅惘无极,然以急严亲患难,负一女子无憾也。是晚壹郁,因与觅舟去虎疁夜游。明日,遣人至襄阳,便解维归里。

舟一过桥,见小楼立水边。偶询游人:"此何处?何人之居?"友以双成馆对。余三年积念,不禁狂喜,即停

---

① 量移,多指官吏因罪远谪,遇赦酌情调迁近处任职。

舟相访。友阻云:"彼前亦为势家所惊,危病十有八日,母死,镢①户不见客。"余强之上,叩门至再三,始启户,灯火阒如。宛转登楼,则药饵满几榻。姬沉吟询何来,余告以昔年曲栏醉晤人。姬忆,泪下曰:"曩君屡过余,虽仅一见,余母恒背称君奇秀,为余惜不共君盘桓。今三年矣,余母新死,见君忆母,言犹在耳。今从何处来?"便强起,揭帷帐审视余,且移灯留坐榻上。谈有顷,余怜姬病,愿辞去。牵留之曰:"我十有八日寝食俱废,沉沉若梦,惊魂不安。今一见君,便觉神怡气王。"旋命其家具酒食,饮榻前。姬辄进酒,屡别屡留,不使去。余告之曰:"明朝遣人去襄阳,告家君量移喜耗。若宿卿处,诘旦不能报平安。俟发使行,宁少停半刻也。"姬曰:"子诚殊异,不敢留。"遂别。

越旦,楚使行,余亟欲还,友人及仆从咸云:"姬昨仅一倾盖,拳切不可负。"仍往言别,至则姬已妆成,凭楼凝睇,见余舟傍岸,便疾趋登舟。余具述即欲行,姬曰:"我装已成,随路相送。"余却不得却,阻不忍阻。由浒关至梁溪、毗陵、阳羡、澄江,抵北固,越二十七日,凡二十七辞,姬惟坚以身从。登金山,誓江流曰:"委此身如江水东下,断不复返吴门!"余变色拒绝,告

---

① 镢(jué),锁闭。

以期迫科试,年来以大人滞危疆,家事委弃,老母定省俱违,今始归,经理一切。且姬吴门责逋甚众,金陵落籍,亦费商量,仍归吴门,俟季夏应试,相约同赴金陵。秋试毕,第与否,始暇及此,此时缠绵,两妨无益。姬仍踌躇不肯行。时五木在几,一友戏云:"卿果终如愿,当一掷得巧。"姬肃拜于船窗,祝毕,一掷得"全六",时同舟称异。余谓果属天成,仓卒不臧,反偾①乃事,不如暂去,徐图之。不得已,始掩面痛哭,失声而别。余虽怜姬,然得轻身归,如释重负。

才抵海陵,旋就试,至六月抵家。荆人②对余曰:"姬令其父力已过江来云:'姬返吴门,茹素不出,惟翘首听金陵偕行之约。'闻言心异,以十金遣其父去曰:'我已怜其意而许之,但令静俟毕场事后,无不可耳。'"余感荆人相成相许之雅,遂不践走使迎姬之约,竟赴金陵,俟场后报姬。金桂月三下之辰,余方出闱,姬猝到桃叶寓馆。盖望余耗不至,孤身挈一妪,买舟自吴门江行。遇盗,舟匿芦苇中,舵损不可行,炊烟遂断三日。初八抵三山门,又恐扰余首场文思,复迟二日始入。姬见余虽甚喜,细述别后百日茹素杜门与江行风波盗贼惊魂状,则声

---

① 偾(fèn),败坏,搞糟。
② 荆人,对人称己妻的谦词。

色俱凄,求归愈固。时魏塘、云间、闽、豫诸同社,无不高姬之识,悯姬之诚,咸为赋诗作画以坚之。

场事既竣,余妄意必第,自谓此后当料理姬事,以报其志。讵①十七日,忽传家君舟抵江干,盖不赴宝庆之调,自楚休致矣。时已二载违养,冒兵火生还,喜出望外,遂不及为姬谋去留,竟从龙潭尾家君舟抵銮江。家君问余文,谓余必第,复留之銮江候榜。姬从桃叶寓馆仍发舟追余,燕子矶阻风,几复罹不测,重盘桓銮江舟中。七日,乃榜发,余中副车。穷日夜力归里门,而姬痛哭相随,不肯返,且细悉姬吴门诸事,非一手足力所能了。责逋者见其远来,益多奢望,众口狺狺②。且严亲甫归,余复下第意阻,万难即诣。舟抵郭外朴巢,遂冷面铁心,与姬决别,仍令姬返吴门,以厌责逋者之意,而后事可为也。

阳月③,过润州,谒房师④郑公,时闽中刘大行自都门来,与陈大将军及同盟刘刺史饮舟中。适奴子自姬处来,云:姬归不脱去时衣,此时尚方空在体,谓余不速往图之,彼甘冻死。刘大行指余曰:"辟疆夙称风义。固如负一女子耶?"余云:"黄衫押衙,非君平、仙客所能自

---

① 讵(jù),表示反问的副词。
② 狺狺(yín yín),犬吠声。
③ 阳月,农历十月的别名。
④ 房师,举人、进士对荐举本人试卷的同考官的尊称。

为。"刺史举杯奋袂曰:"若以千金恣我出入,即于今日往!"陈大将军立贷数百金,大行以参数斤佐之。讵谓刺史至吴门,不善调停,众哗决裂,逸去吴江。余复还里。不及讯。

姬孤身维谷,难以收拾。虞山宗伯闻之,亲至半塘,纳姬舟中。上至荐绅,下及市井,纤悉大小,三日为之区画立尽,索券盈尺。楼船张宴,与姬饯于虎疁,旋买舟送至吾皋。至至月之望①,薄暮侍家君饮于拙存堂,忽传姬抵河干。接宗伯书,娓娓洒洒,始悉其状,且驰书贵门生张祠部立为落籍,吴门后有细琐,则周仪部终之,而南中则李宗宪旧为礼垣者与力焉。越十月,愿始毕,然往返葛藤,则万斛心血所灌注而成也。

壬午清和②晦日③,姬送余至北固山下,坚欲从渡江归里。余辞之,益哀切,不肯行。舟泊江边,时西先生毕今梁寄余夏西洋布一端,薄如蝉纱,洁比雪艳。以退红为里,为姬制轻衫,不减张丽华④桂宫霓裳也。偕登金山,时四五龙舟冲波激荡而上,山中游人数千,尾余二人,指为神仙。绕山而行,凡我两人所止,则龙舟争赴,回环数

---

① 至月之望,旧历每月十五日。
② 清和,农历四月的别称。
③ 晦日,旧历每月的最后一天。
④ 张丽华,南朝陈后主宠妃。

匪不去。呼询之，则驾舟者皆余去秋浙回官舫长年也。劳以鹅酒，竟日返舟，舟中人宣瓷大白盂，盛樱珠数斤，共啖之，不辨其为樱为唇也。江山人物之盛，照映一时。至今谈者侈美。

扫描二维码
听本卷音频精华版

◆◆◇ 卷二

秦淮中秋日，四方同社诸友感姬为余不辞盗贼风波之险，间关相从，因置酒桃叶水阁。时在座为眉楼顾夫人、寒秀斋李夫人，皆与姬为至戚，美其属余，咸来相庆。是日新演《燕子笺》①，曲尽情艳。至霍华离合处，姬泣下，顾、李亦泣下。一时才子佳人，楼台烟水，新声明月，俱足千古，至今思之，不啻游仙枕②上

---

① 《燕子笺》，明代阮大铖所作传奇，讲述了唐代士人霍都梁与名妓华行云、尚书千金郦飞云的曲折婚恋故事。
② 游仙枕，传说中的枕头名。据《开元天宝遗事》记载："龟兹国进奉枕一枚，其色如玛瑙，温温如玉，制作甚朴素。枕之寝，则十洲、三岛、四海、五湖尽在梦中所见，帝因立名为游仙枕。"

梦幻也。

銮江汪汝为园亭极盛，而江上小园，尤收拾江山胜概。壬午鞠月①之朔，汝为曾延予及姬于江口梅花亭子上。长江白浪涌象，奔赴杯底，姬轰饮巨叵罗②，觞政明肃，一时在座诸妓皆颓唐溃逸。姬最温谨，是日豪情逸致，则余仅见。

乙酉，余奉母及家眷流寓盐官，春过半塘，则姬之旧寓固宛然在也。姬有妹晓生，同沙九畹登舟过访，见姬为余如意珠，而荆人贤淑，相视复如水乳，群美之，群妒之。同上虎丘，与予指点旧游，重理前事，吴门知姬者咸称其俊识，得所归云。

鸳鸯湖上，烟雨楼高。逶迤而东，则竹亭园半在湖内，然环城四面，名园胜寺，夹在渚屋而潋滟者，皆湖也。游人一登烟雨楼，遂谓已尽其胜，不知浩瀚幽渺之致，正不在此。与姬曾为竟日游，又共追忆钱塘江下桐君严濑、碧浪苍岩之胜，姬更云："新安山水之逸，在人枕灶间，尤足乐也。"

虞山宗伯送姬抵吾皋，时侍家君饮于家园，仓卒不敢告严君。又侍饮至四鼓，不得散。荆人不待余归，先为洁

---

① 鞠月，指农历八月。
② 叵罗，古代的一种酒器。

治别室,帷帐、灯火、器具、饮食,无一不顷刻具。酒阑见姬,姬云:"始至,正不知何故不见君,但见婢妇簇我登岸,心窃怀疑,且深恫骇。抵斯室,见无所不备。旁询之,始感叹主母之贤,而益快经岁之矢相从不误也。"自此姬扃①别室,却管弦,洗铅华,精学女红,恒月余不启户。耽寂享恬,谓骤出万顷火云,得憩清凉界,回视五载风尘,如梦如狱。居数月,于女红无所不妍巧,锦绣工鲜。刺巾裾如虮无痕,日可六幅。剪彩织字、缕金回文,各厌其技,针神针绝,前无古人已。

姬在别室四月,荆人携之归。入门,吾母太恭人与荆人见而爱异之,加以殊眷。幼姑长姊,尤珍重相亲,谓其德性举止,均非常人。而姬之侍左右,服劳承旨,较婢妇有加无已。烹茗剥果,必手进;开眉解意,爬背喻痒。当大寒暑,折胶②铄金时,必拱立座隅,强之坐饮食,旋坐旋饮食,旋起执役,拱立如初。余每课两儿文,不称意,加夏楚③,姬必督之改削成章,庄书以进,至夜不懈。越九年,与荆人无一言枘凿。至于视众御下,慈让不遑,咸感其惠。余出入应酬之费与荆人日用金错泉布,皆出姬

---

① 扃(jiōng),关门。
② 折胶,出自《汉书·晁错传》,指秋冬时节。
③ 夏楚,泛指体罚学童的工具。夏(jiǎ),同"榎"。楚,荆条。

手。姬不私银两,不爱积蓄,不制一宝粟钗钿。死能弥留,元旦次日,求见老母,始瞑目,而一身之外,金珠红紫尽却之,不以殉,洵称异人。

余数年来,欲裒集^①四唐诗,购全集、类逸事、集众评,列人与年为次第,每集细加评选。广搜遗失,成一代大观。初、盛稍有次第,中、晚有名无集、有集不全,并名、集俱未见行甚夥。《品汇》,六百家大略耳,即《纪事本末》,千余家名姓稍存,而诗不具。《全唐诗话》更觉寥寥。芝隄先生序《十二唐人》,称豫章大家,藏中晚未刻集七百余种。孟津王师向余言:买灵宝许氏《全唐诗》数车满载,即曩流寓盐官胡孝辕职方批阅唐人诗,剞劂工费,需数千金。僻地无书可借,近复裹足牖下,不能出游购之,以此经营搜索,殊费工力,然每得一帙^②,必细加丹黄。他书有涉此集者,皆录首简,付姬收贮。至编年论人,准之《唐书》。姬终日佐余稽查抄写,细心商订,永日终夜,相对忘言。阅诗无所不解,而又出慧解以解之。尤好熟读楚辞,少陵,义山,王建、花蕊夫人、王珪三家宫词^③,等身之书,周回座右,午夜衾枕间,犹拥

---

① 裒集(póu jí),辑集。
② 帙(zhì),量词。一套线装书叫一帙。
③ 三家宫词,明朝毛晋辑,收录唐王建、蜀花蕊夫人、宋王珪三家七言绝句各一百首。

数十家《唐书》而卧。今秘阁尘封,余不忍启,将来此志,谁克与终?付之一叹而已。

犹忆前岁,余读《东汉》,至陈仲举、范、郭诸传,为之抚几。姬一一求解其始末,发不平之色,而妙出持平之议,堪作一则史论。

乙酉,客盐官,尝向诸友借书读之,凡有奇僻,命姬手抄。姬于事涉闺阁者,则另录一帙。归来与姬遍搜诸书,续成之,名曰《奁艳》。其书之瑰异精秘,凡古人女子,自顶至踵,以及服食器具、亭台歌舞、针神才藻,下及禽鱼鸟兽,即草木之无情者,稍涉有情,皆归香丽。今细字红笺,类分条析,俱在奁中。客春顾夫人远向姬借阅此书,与龚奉常极称其妙,促绣梓之。余即当忍痛为之校雠鸠工,以终姬志。

姬初入吾家,见董文敏为余书《月赋》,仿钟繇笔意者,酷爱临摹,嗣遍觅钟太傅诸帖学之。阅《戎辂表》称关帝君为贼将,遂废钟学《曹娥碑》,日写数千字,不讹不落。余凡有选摘,立抄成帙,或史或诗,或遗事妙句,皆以姬为绀珠①。又尝代余书小楷扇,存戚友处,而荆人

---

① 绀珠,记事珠,见于《开元天宝遗事》。相传唐朝开元年间的宰相张说有绀色珠一颗,或有遗忘之事,持弄此珠,便觉心神开悟,事无巨细,焕然明晓,因名记事珠。

米盐琐细,以及内外出入,无不各登手记,毫发无遗。其细心专力,即吾辈好学人鲜及也。

姬于吴门曾学画未成,能作小丛寒树,笔墨楚楚,时于几砚上辄自图写,故于古今绘事,别有殊好。偶得长卷小轴与笥中旧珍,时时展玩不置。流离时宁委衾具,而以书画捆载自随。末后尽裁装潢,独存纸绢,犹不得免焉,则书画之厄,而姬之嗜好,真且至矣。

扫描二维码
听本卷音频精华版

◆◆◇ 卷三

姬能饮，自入吾门，见余量不胜蕉叶①，遂罢饮，每晚侍荆人数杯而已。而嗜茶与余同性，又同嗜岕片。每岁半塘顾子兼择最精者缄寄，具有片甲蝉翼之异。文火细烟，小鼎长泉，必手自吹涤。余每诵左思《娇女诗》"吹嘘对鼎䥶"之句，姬为解颐。至"沸乳看蟹目鱼鳞，传瓷选月魂云魄"，尤为精绝。每花前月下，静试对尝，碧沉香泛，真如木兰沾露，瑶草临波，备极卢陆之致。东坡云："分无玉碗捧蛾眉。②"余一生清福，九年占尽，九年折尽矣。

姬每与余静坐香阁，细品名香。宫香诸品

---

① 蕉叶，一种浅底的酒杯。
② 摘自苏东坡《试院煎茶》。

淫，沉水香俗。俗人以沉香著火上，烟扑油腻，顷刻而灭。无论香之性情未出，即著怀袖，皆带焦腥。沉香坚致而纹横者，谓之"横隔沉"，即四种沉香内隔沉横纹者是也，其香特妙。又有沉水结而未成，如小笠大菌，名"蓬莱香"，余多蓄之。每慢火隔砂，使不见烟，则阁小皆如风过伽楠①、露沃蔷薇、热磨琥珀、酒倾犀斝②之味，久蒸衾枕间，和以肌香，甜艳非常，梦魂俱适。外此则有真西洋香方，得之内府，迥非③肆料④。丙戌客海陵，曾与姬手制百丸，诚闺中异品，然爇⑤时亦以不见烟为佳，非姬细心秀致，不能领略到此。

黄熟出诸番，而真腊⑥为上，皮坚者为黄熟桶，气佳而通；黑者为隔栈黄熟。近南粤东莞茶园村土人种黄熟，如江南之艺茶，树矮枝繁，其香在根。自吴门解人剔根切白，而香之松朽尽削，油尖铁面尽出。余与姬客半塘时，知金平叔最精于此，重价数购之，块者净润，长曲者如枝如虬，皆就其根之有结处，随纹缕出，黄云紫绣，半杂鹧

---

① 伽楠，佛教寺院的通称。
② 犀斝，犀牛角制的酒器。
③ 迥非，绝非，远远不是。
④ 肆料，可在市场上购得的物品。
⑤ 爇，烧，点燃。
⑥ 真腊，即柬埔寨。

鸪斑,可拭可玩。寒夜小室,玉帏四垂,氍毹①重叠,烧二尺许绛蜡二三枝,陈设参差,堂几错列,大小数宣炉,宿火常蒸,色如液金粟玉。细拨活灰一寸,灰上隔砂选香蒸之,历半夜,一香凝然,不焦不竭,郁勃氤氲,纯是糖结。热香间有梅英半舒,荷鹅梨蜜脾之气,静参鼻观。忆年来共恋此味此境,恒打晓钟尚未著枕,与姬细想闺怨,有斜倚薰篮,拨尽寒炉之苦,我两人如在蕊珠众香深处。今人与香气俱散矣,安得返魂一粒,起于幽房扃室中也!

一种生黄香,亦从枯肿朽痈中取其脂凝脉结、嫩而未成者。余尝过三吴白下,遍收筐箱中,盖面大块,与粤客自携者,甚有大根株尘封如土,皆留意觅得,携归,与姬为晨夕清课,督婢子手自剥落,或斤许仅得数钱,盈掌者仅削一片,嵌空镂剔,纤悉不遗,无论焚蒸,即嗅之,味如芳兰,盛之小盘,层撞中色珠香别,可弄可餐。曩曾以一二示粤友黎美周②,讶为何物,何从得如此精妙?即《蔚宗传》中恐未见耳。又东莞以女儿香为绝品,盖土人拣香,皆用少女。女子先藏最佳大块,暗易油粉,好事者复从油粉担中易出。余曾得数块于汪友处,姬最珍之。

余家及园亭,凡有隙地,皆植梅,春来早夜出入,皆

---

① 氍毹,毛毯。
② 黎美周,明清之际知名的节烈文人,岭南书画家。

烂漫香雪中。姬于含蕊时,先相枝之横斜与几上军持①相受,或隔岁便芟②剪得宜,至花放恰采入供。即四时草花竹叶,无不经营绝慧,领略殊清,使冷韵幽香,恒霏微③于曲房斗室,至秾④艳肥红,则非其所赏也。秋来犹耽晚菊,即去秋病中,客贻我"剪桃红⑤",花繁而厚,叶碧如染,浓条婀娜,枝枝具云罨⑥风斜之态。姬扶病三月,犹半梳洗,见之甚爱,遂留榻右,每晚高烧翠蜡,以白团回六曲,围三面,设小座于花间,位置菊影,极其参横妙丽。始以身入,人在菊中,菊与人俱在影中。回视屏上,顾余曰:"菊之意态尽矣,其如人瘦何?"至今思之,澹秀如画。

  闺中蓄春兰九节及建兰,自春徂秋,皆有三湘七泽⑦之韵,沐浴姬手,尤增芳香。《艺兰十二月歌》皆以碧笺手录粘壁。去冬姬病,枯萎过半。楼下黄梅一株,每腊万花,可供三月插戴。去冬姬移居香俪园静摄,数百枚不生

---

① 军持,净瓶,为佛教僧侣"十八物之一"。
② 芟(shān),铲除杂草。
③ 霏微,弥漫。
④ 秾,草木茂盛。
⑤ 剪桃红,一种名贵的菊花。
⑥ 罨(yǎn),覆盖。
⑦ 三湘七泽,泛指湘楚之地。

一蕊,惟听五鼛涛声,增其凄响而已。

姬最爱月,每以身随升沉为去住。夏纳凉小苑,与幼儿诵唐人咏月及流萤纨扇诗,半榻小几,恒屡移以领月之四面。午夜归阁,仍推窗延月于枕簟间,月去复卷幔倚窗而望。语余曰:"吾书谢希逸《月赋》,古人'厌晨欢,乐宵宴',盖夜之时逸,月之气静,碧海青天,霜缟冰净,较赤日红尘,迥隔仙凡。人生攘攘,至夜不休,或有月未出已酣睡者,桂华露影,无福消受。与子长历四序,娟秀浣洁,领略幽香,仙路禅关,于此静得矣。"李长吉诗云:"月漉漉,波烟玉。"姬每诵此三字,则反复回环,日月之精神气韵光景,尽于斯矣。人以身入波烟玉世界之下,眼如横波,气如湘烟,体如白玉,人如月矣,月复似人,是一是二,觉贾长江"倚影为三"之语尚赘,至"淫耽""无厌""化蟾"之句,则得玩月三昧矣。

姬性澹泊,于肥甘一无嗜好,每饭,以岕茶一小壶温淘,佐以水菜、香豉数茎粒,便足一餐。余饮食最少,而嗜香甜及海错风薰之味,又不甚自食,每喜与宾客共赏之。姬知余意,竭其美洁,出佐盘盂,种种不可悉记,随手数则,可睹一斑也。酿饴为露,和以盐梅,凡有色香花蕊,皆于初放时采渍之。经年香味,颜色不变,红鲜如摘,而花汁融液露中,入口喷鼻,奇香异艳,非复恒有。最娇者为秋海棠露。海棠无香,此独露凝香发。又俗名断肠草,以为不食,而味美独冠诸花。次则梅英、野蔷薇、玫瑰、丹桂、甘菊之属。至橙黄、橘红、佛手、香橼,去白缕丝,色味更胜。酒后出数十种,五色浮动白瓷中,解酲①消渴,金茎仙掌,难与争衡也。取五月桃汁、西瓜汁,一穰一丝漉尽,以文火煎至七八分,始搅糖细炼,桃膏如大红琥珀,瓜膏可比金丝内糖。每酷暑,姬必手取其汁示洁,坐炉边静看火候成膏,不使焦枯,分浓淡为数种,此尤异色异味也。制豉,取色取气先于取味,豆黄九晒九洗为度,果瓣皆剥去衣膜,种种细料,瓜杏姜桂,以及酿豉之汁,极精洁以和之。豉熟擎出,粒粒可数,而香气酣色殊味,迥与常别。红乳腐烘蒸各五六次,内肉既酥,然后剥其肤,益之以味,数日成者,绝胜建宁三年之蓄。他如冬春水盐诸菜,能使黄者如蜡,碧者如苔。蒲藕笋蕨、鲜花野菜、枸蒿蓉菊之类,无不采入食品,芳旨盈席。火肉久者无油,有松柏之味。风鱼久者如火肉,有麂鹿之味。醉蛤如桃花,醉鲟骨如白玉,油蝜如鲟鱼,虾松如龙须,烘兔酥雉如饼饵,可以笼而食之。菌脯如鸡棕,腐汤如牛乳。细考之食谱,四方郇厨②中一种偶异,即加访求,而

---

① 酲(chéng),形容酒后神志不清。
② 郇厨,盛宴。唐朝韦陟袭封郇国公,不仅精于烹饪美食,凡造访者,必能酒足饭饱而归。

又以慧巧变化为之，莫不异妙。

甲申三月十九日之变①，余邑清和望后，始闻的耗。邑之司命者甚懦，豺虎狰狞踞城内，声言焚劫，郡中又有兴平兵四溃之警。同里绅衿大户，一时鸟兽骇散，咸去江南。余家集贤里，世恂让，家君以不出门自固。阅数日，上下三十余家，仅我灶有炊烟耳。老母、荆人惧，暂避郭外，留姬侍余。姬扃内室，经纪衣物、书画、文券，各分精粗，散付诸仆婢，皆手书封识。群横日劫，杀人如草，而邻右人影落落如晨星，势难独立，只得觅小舟，奉两亲，挈家累，欲冲险从南江渡澄江北。一黑夜六十里，抵泛湖州朱宅，江上已盗贼蜂起，先从间道微服送家君从靖江行，夜半，家君向余曰："途行需碎金，无从办。"余向姬索之，姬出一布囊，自分许至钱许，每十两可数百小块，皆小书轻重于其上，以便仓卒随手取用。家君见之，讶且叹，谓姬何暇精细及此！

维时②诸费较平日溢十倍尚不肯行，又迟一日，以百金雇十舟，百余金募二百人护舟。甫行数里，潮落舟胶，

---

① 甲申三月十九日之变，崇祯十七年（1644）三月十九日，李自成领导的农民起义军攻占北京，崇祯帝在煤山（今景山）吊死。
② 维时，此时。

不得上。遥望江口,大盗数百人踞六舟为犄角。守隘以俟,幸潮落,不能下逼我舟。朱宅遣有力人负浪踏水驰报曰:"后岸盗截归路,不可返,护舟二百人中且多盗党。"时十舟哄动,仆从呼号垂涕。余笑指江上众人曰:"余三世百口咸在舟。自先祖及余祖孙父子,六七十年来居官居里,从无负心负人之事,若今日尽死盗手,葬鱼腹,是上无苍苍,下无茫茫矣!潮忽早落,彼此舟停不相值,便是天相。尔辈无恐,即舟中敌国,不能为我害也。"

先夜拾行李登舟时,思大江连海,老母幼子,从未履此奇险,万一阻石尤,欲随路登岸,何从觅舆辆?三鼓时以二十金付沈姓人,求雇二舆一车、夫六人。沈与众咸诧异笑之,谓:"明早一帆,未午便登彼岸,何故黑夜多此难寻无益之资?"倩①榜人募舆夫,观者绝倒。余必欲此二者,登舟始行,至斯时虽神气自若,然进退维谷,无从飞脱,因询出江未远果有别口登岸通泛湖州者?舟子曰:"横去半里有小路六七里,竟通彼。"余急命鼓楫至岸,所募舆车三事,恰受俯仰七人。余行李婢妇,尽弃舟中。顷刻抵朱宅,众始叹余之夜半必欲水陆兼备之为奇中也。

大盗知余中遁,又朱宅联络数百人为余护发行李人

---

① 倩(qìng),央求,请某人做某事。

口,盗虽散去,而未厌其志,恃江上法网不到,且值无法之时,明集数百人,遣人谕余:以千金相致,否则竟围朱宅,四面举火。余复笑答曰:"盗愚甚,尔不能截我于中流,乃欲从平陆数百家中火攻之,安可得哉?"然泛湖州人名虽相卫,亦多不轨。余倾囊召阖庄人付之,令其夜设牲酒,齐心于庄外备不虞。数百人饮酒分金,咸去他所,余即于是夜一手扶老母,一手曳荆人,两儿又小,季甫生旬日,同其母付一信仆偕行,从庄后竹园深箐中蹒跚出,维时更无能手援姬。余回顾姬曰:"汝速蹴步,则尾余后,迟不及矣!"姬一人颠连趋蹶,仆行里许,始仍得昨所在舆辆,星驰至五鼓,达城下,盗与朱宅之不轨者,未知余全家已去其地也。然身脱而行囊大半散矣,姬之珍爱尽失焉。姬返舍谓余:当大难时,首急老母,次急荆人、儿子、幼弟为是。彼即颠连不及,死深箐中无憾也。午节返吾庐,衽金革与城内枭獍①为伍者十旬,至中秋,始渡江入南都②。别姬五阅月,残腊乃回,挈家随家君之督漕任。去江南,嗣寄居盐官。因叹姬明大义、达权变如此,读破万卷者有是哉?

---

① 枭獍(xiāo jìng),比喻忘恩负义之人。
② 南都,即南京,李自成攻占北京后,马士英拥立福王在南京建立南明政权。

乙酉流寓盐官，五月复值崩陷，余骨肉不过八口，去夏江上之累，缘仆妇杂沓奔赴，动至百口，又以笨重行李四塞舟车，故不能轻身去。且来窥瞯，此番决计置生死于度外，扃户不他之。乃盐官城中，自相残杀，甚哄，两亲又不能安，复移郭外大白居。余独令姬率婢妇守寓，不发一人一物出城，以贻身累。即待两亲、挈妻子流离，亦以子身往。乃事不如意，家人行李纷沓违命而出。大兵迫檇李①，薙②发之令初下，人心益皇皇。家君复失去惹山，内外莫知所措，余因与姬决："此番溃散，不似家园，尚有左右之者，而孤身累重，与其临难舍子，不若先为之地。我有年友，信义多才，以子托之。此后如复相见，当结平生欢，否则听子自裁，毋以我为念。"姬曰："君言善。举室皆倚君为命，复命不自君出，君堂上膝下，有百倍重于我者，乃以我牵君之臆，非徒无益，而又害之。我随君友去，苟可自全，誓当匍匐以俟君回；脱有不测，前与君纵观大海，狂澜万顷，是吾葬身处也！"方命之行，而两亲以余独割姬为憾，复携之去。自此百日，皆展转深林僻路、茅屋渔艇。或一月徙，或一日徙，或一日数徙，饥寒风雨，苦不具述，卒于马鞍山遇大兵，杀掠奇惨，天幸得

---

① 檇李，嘉兴的别称。
② 薙，同"剃"。

一小舟,八口飞渡,骨肉得全,而姬之惊悸瘁瘏①,至矣尽矣!

---

① 瘏(tú),疲劳致病。

扫描二维码
听本卷音频精华版

◆◆◇ **卷四**

秦溪蒙难之后，仅以俯仰八口免。维时仆婢杀掠者几二十口，生平所蓄玩物及衣贝，靡孑遗矣。乱稍定，匍匐入城，告急于诸友，即襆被不办。夜假荫于方坦庵年伯。方亦窜迹初回，仅得一毡，与三兄共裹卧耳房。时当残秋，窗风四射。翌日，各乞斗米束薪于诸家，始暂迎二亲及家累返旧寓，余则感寒，痢疟沓作矣。横白板扉为榻，去地尺许，积数破絮为卫，炉煨桑节，药缺攻补。且乱阻吴门，又传闻家难剧起，自重九后溃乱沉迷，迄冬至前僵死。一夜复苏，始得间关破舟，从骨林肉莽中冒险渡江。犹不敢竟归家园，暂栖海陵。阅冬春百五十日，病方稍痊。此百五十日，姬仅卷一破席，横陈榻边，寒则拥抱，热则披拂，痛则抚摩。或枕其身,或卫其足,或欠伸起伏,为之左右翼,凡病骨之所适,皆以身就之。鹿鹿永夜,无形无声,皆存视听。汤药手口交进,下至粪秽,皆接以目鼻,细察色味,以为忧喜。日食粗粝一餐,与吁天稽首外,惟跪立我前,温慰曲说,以求我之破颜。余病失常性,时发暴怒,诟谇①三至,色不少忤,越五月如一日。每见姬星靥如蜡,弱骨如柴,吾母太恭人及荆妻怜之感之,愿代假一息。姬曰:"竭我心力,以殉夫子。夫子生而余死犹生也;脱夫子不测,余留此身于兵燹②间,将安寄托?"更忆病剧时,长夜不寐,莽风飘瓦,盐宜城中,日杀数十百人。夜半鬼声啾啸,来我破窗前,如蛩如箭。举室饥寒之人皆辛苦酣睡,余背贴姬心而坐,姬以手团握余手,倾耳静听,凄激荒惨,欷歔流涕。姬谓余曰:"我入君门整四岁,早夜见君所为,慷慨多风义,毫发几微,不邻薄恶,凡君受过之处,惟余知之亮之,敬君之心,实逾于爱君之身,鬼神赞叹畏避之身也。冥漠有知,定加默祐。但人生身当此境,奇惨异险,动静备历,苟非金石,鲜不销亡!异日幸生还,当与君敝屣万有,逍遥物外,慎毋忘此际此语!"噫吁嚱!余何以报姬于此生哉!姬断断非人世凡女子也。

---

① 诟谇,辱骂。
② 兵燹,因战乱而造成的焚毁、破坏。燹(xiǎn),野火。

丁亥，逸口铄金，太行千盘，横起人面，余胸坟五岳，长夏郁蟠，惟早夜焚二纸告关帝君。久抱奇疾，血下数斗，肠胃中积如石之块以千计。骤寒骤热，片时数千语，皆首尾无端，或数昼夜不知醒。医者妄投以补，病益笃，勺水不入口者二十余日。此番莫不谓其必死，余心则炯炯然，盖余之病不从境入也。姬当大火铄金时，不挥汗，不驱蚊，昼夜坐药炉傍，密伺余于枕边足畔六十昼夜，凡我意之所及与意之所未及，咸先后之。己丑秋，疽发于背，复如是百日。余五年危疾者三，而所逢者皆死疾，惟余以不死待之，微姬力，恐未必能坚以不死也。今姬先我死，而永诀时惟虑以伊死增余病，又虑余病无伊以相待也。姬之生死为余缠绵如此，痛哉，痛哉！

余每岁元旦，必以一岁事卜一签于关帝君前。壬午名心甚剧，祷看签首第一字，得"忆"字，盖"忆昔兰房分半钗，如今忽把音信乖。痴心指望成连理，到底谁知事不谐"。余时占玩不解，即占全词，亦非功名语，比遇姬，清和晦日。金山别去，姬茹素归，虔卜于虎疁关帝君前，愿以终身事余，正得此签。秋过秦淮，述以相告，恐有不谐之叹，余闻而讶之，谓与元旦签合。时友人在坐，曰："我当为尔二人合卜于西华门。"则仍此签也。姬愈疑惧，且虑余见此签中懈，忧形于面，乃后卒满其愿。"兰房""半钗""痴心""连理"，皆天然闺阁中语，"到底""不谐"，则今日验矣。嗟呼！余有生之年，皆长相忆之年也。"忆"字之奇，呈验若此！

姬之衣饰，尽失于患难，归来澹足，不置一物。戊子七夕，看天上流霞，忽欲以黄跳脱摹之，命余书"乞巧"二字，无以属对，姬云："曩于黄山巨室，见覆祥云真宣炉，款式佳绝，请以'覆祥'对'乞巧'。"镌摹颇妙。越一岁，钏忽中断，复为之，恰七月也，余易书"比翼""连理"。姬临终时，自顶至踵，不用一金珠纨绮，独留跳脱不去手，以余勒书故。长生私语，乃太真死后，凭洪都客述寄明皇者，当日何以率书，竟令《长恨》再谱也！

姬书法秀媚，学钟太傅稍瘦，后又学《曹娥》。余每有丹黄，必对泓颖①，或静夜焚香，细细手录。闺中诗史成帙，皆遗迹也。小有吟咏，多不自存。客岁新春二日，即为余抄写《全唐五七言绝》上下二卷，是日偶读七岁女子"所嗟人异雁，不作一行归"之句，为之凄然下泪。至夜和成八绝，哀声怨响，不堪卒读。余挑灯一见，大为不怿，即夺之焚去，遂失其稿。伤哉，异哉！今岁恰以是日长逝也。

客春三月，欲重去盐官，访患难相恤诸友。至邗上，

---

① 泓颖，陶泓、毛颖，暗指砚与笔。

为同社所淹。时余正四十,诸名流咸为赋诗,龚奉常独谱姬始末,成数千言,《帝京篇》《连昌宫》不足比拟。奉常云:"子不自注,则余苦心不见。如'桃花瘦尽春醒面'七字,绾合己卯醉晤、壬午病晤两番光景,谁则知者?"余时应之,未即下笔。他如园次之"自昔文人称孝子,果然名士悦倾城",于皇之"大妇同行小妇尾",孝威之"人在树间殊有意,妇来花下却能文",心甫之"珊瑚架笔香印糜,著富名山金屋尊",仙湖之"锦瑟蛾眉随分老,芙蓉园上万花红",仲谋之"君今四十能高举,羡尔鸿妻佐春杵",吾邑徂徕先生"韬藏经济一巢朴,游戏莺花两阁和",元旦之"娥眉问难佐书帏",皆为余庆得姬,讵谓我侑卮之辞,乃姬誓墓之状耶?读余此杂述,当知诸公之诗之妙,而去春不注奉常诗,盖至迟之今日,当以血泪和隃糜①也。

三月之杪,余复移寓友沂"友云轩"。久客卧雨,怀家正剧。晚霁,龚奉常偕于皇、园次过慰留饮,听小奚管弦度曲。时余归思更切,因限韵②各作诗四首。不知何故,诗中咸有商音③。三鼓别去,余甫着枕,便梦还家,举室

---

① 隃糜(yú mí),墨的古称。
② 限韵,规定韵部,或者韵部中字,即兴作诗。
③ 商音,律以商调为主音的乐声,其声悲凉哀怨。

皆见，独不见姬。急询荆人，不答。复遍觅之，但见荆人背余下泪。余梦中大呼曰："岂死耶？"一恸而醒。姬每春必抱病，余深疑虑，旋归，则姬固无恙，因间述此相告。姬曰："甚异！前亦于是夜梦数人强余去，匿之幸脱，其人尚狺狺不休也。"讵知梦真而诗谶咸来先告哉？

书影梅庵忆语后
清·黄虞稷

其一

珊瑚枕薄透嫣红,桂冷霜清夜色空。
自是愁人多不寐,不关天末有哀鸿。

其二

半床明月残书伴,一室昏镫雾阁绒。
最是夜深凄绝处,薄寒吹动茜红衫。

◆◆◇ 雾锁秦淮
董白疑案寻踪

董小宛,名白,字小宛,又字青莲,别号青莲女史。

有人说,她原本的名字已不可考,她的名与字,皆因仰慕李白而起。

董小宛位列"秦淮八艳"之一。"秦淮八艳",指明末清初南京秦淮河畔的八位才艺绝佳、容色倾城的名妓,又称"金陵八艳",但这并非董小宛生时的名号。"秦淮八艳"的事迹,最早见于余怀的《板桥杂记》,顾横波、董小宛、卞玉京、李香君、寇白门、马湘兰等六人位列其中,后人又加入柳如是、陈圆圆,故而称"秦淮八艳"。

仿佛一切我们熟知的,都不是董小宛的本初原貌。

关于董小宛最真切的记录,就是《影梅庵忆语》。原是才子佳人的回忆录,却因董小宛的传奇体质,成为她"重生"的起点。她本是浩瀚史卷中的一簇荧光,经一代代人添薪加柴,终于燃成了熊熊烈火。

1
清宫

董小宛的传说近年来被搬上了昆曲舞台,而对她的戏剧呈现由来已久。

1939年,张石川、郑小秋导演了电影《董小宛》,饰演董小宛的是尽人皆知的江苏籍明星周璇,她演唱的《夜上海》《天涯歌女》等,在华人地区广为流传。可叹周璇也是命途艰辛,三十一岁时因精神疾患入院治疗,年仅三十七岁就离世了。

在周璇版本的《董小宛》中,明朝降臣洪承畴平定江南后,将董小宛抢去带入了京城,因恐曹御史参奏,只得将其献与顺治皇帝。为了报仇,小宛暂时依从,身居妃位,宠冠后宫。洪承畴恐其复仇,遂蛊惑太后下旨——汉女不得进宫,小宛因此被逐到宫外为尼。顺治到玉泉寺与其相见,小宛已看破红尘。太后派人烧了玉泉寺,顺治因真爱忤逆太后,放下江山,留下诏书,赴五台山苦寻小宛,后为老僧点化,剃度皈依佛门。

1950年,中国香港泽生影业再拍《董小宛》,时隔十余年,祖籍苏州的演员夏梦,再度让董小宛活色重生于银幕。这一版的情节脉络与前作异曲同工,只是给了董冒二人更为悲怆的结局。剧作者将儿女情长升华为国仇家恨,彰显了董小宛的民族气节。影片最后,冒襄潜入清宫,与董小宛相会,不料顺治驾到。董小宛谎称冒襄为兄长,以双关妙语劝冒襄以复国为重。小宛含泪送别冒襄后,饮刃自尽。

自此,董小宛的神化之路越走越远。

1985年,中国香港作家董千里出版了传奇小说《董小宛》。全书开篇气拔山河,对于秦淮楼阁、水绘园亭不作赘述,直接将董小宛置于大清权谋旋涡的中心,与洪承畴、多尔衮、孝庄太后、顺治帝转圜智斗,情节波诡云谲,别有一番风味。

在戏说演义、奇幻逗巧的平行宇宙中,董小宛未葬于影梅庵,她入宫为妃,也就是"董鄂妃"。

广为流布的传言,究竟从何而来?

根本原因是，各种文献对董小宛死亡的记载，都过于潦草。

张明弼的《冒姬董小宛传》虽言小宛"劳瘁病卒"，但又补说"其致病之躜，与久病之状，并隐微难悉"。隐微难悉，似乎藏着什么不能说的秘密，慎重隐晦，引好事者生疑。

另外，裘毓麟的《清代逸闻》中也有《董妃董小宛说》，表示《影梅庵忆语》对董小宛之死一带而过，语焉不详，必有隐情。

综上种种，董小宛假死入宫门的说法就有了空隙。

清末官员易顺鼎曾在董小宛画作《孤山感逝图》上题跋：

底事侯门隔墓门，
欲将此语问梅村。
影梅庵尚留梅影，
是否埋香水绘园。

一笔"是否"，道破天机。

最直接的证据，当数诗人吴梅村的《题董白小像》组诗。其中第八首，吊诡非常：

> 江城细雨碧桃村，
> 寒食东风杜宇魂。
> 欲吊薛涛怜梦断，
> 墓门深更阻侯门。

"墓门"与"侯门"究竟作何解释？清末艺术家罗瘿公于《宾退随笔》中质疑道："若小宛真病殁，则侯门作何解耶？岂有人家姬人之墓，谓其深阻侯门者乎！"

在屡屡质疑、层层描画中，后世纷纷赞成"董小宛之即为董妃，益无复疑议矣"的说法。黄鸿寿撰《清史纪事本末》中记载：

> 秋八月，贵妃董鄂氏薨。后原姓董氏，名小宛，为明季遗民冒辟疆之姬人，顺治二年，没收入宫，至是卒，追封皇后，谥端敬。

董小宛和董鄂妃为一人之说，在"民国"时期沸议哄传，本是野史杂谈，慢慢有成正史之论的势头。时值清王朝土崩瓦解，各项禁忌被破除，言论骤然松绑，前朝逸闻终于可以摆在台面上相谈，宫廷秘事大放开来，加之出版业兴起，还有好事者添油加醋，市井百姓的猎奇心理得到极大满足，不论真假，只求刺激，自愿信以为实。

谣言经不起较真，后来又有学者进行了详细的考证，以更正野史的严肃之名，对小宛入宫的说法挥毫驳斥。

按记载，董小宛生于天启三年（1623），而清世祖顺治帝生于崇祯十一年（1638），有十五岁的年龄差。单凭这一点，董小宛与清世祖的传言就不攻自破。

董小宛和董鄂氏之所以能合二为一，另一缘由是董鄂氏的身份本身也是个谜。官修史书对董鄂氏的来龙去脉提之甚少，诸多细节也疑点重重，各种假说便得以张冠李戴了。

《清史稿·列传一·后妃》中记载：

> 孝献皇后，董鄂氏，内大臣鄂硕女。年十八入侍，上眷之特厚，宠冠后宫。顺治十三年八月，立为贤妃。十二月，进皇贵妃，行册立礼，颁赦。上皇太后徽号，鄂硕本以军功授一等精奇尼哈番，进三等伯。十七年八月，薨，上辍朝五日。追谥孝献庄和至德宣仁温惠端敬皇后。

按照清代选秀规章，满、蒙、汉军八旗官员、另户军士、闲散壮丁家中年满十四岁至十六岁的女子，都必须参加三年一度的秀女备选，十七岁以上的女子不再参加。董鄂氏超过了年龄上限，还能入宫为妃，证明其来路特殊，但较大的可能是王贵之女。有的演义版本将董鄂氏描写为襄亲王福晋，被顺治帝纳入宫中，但襄亲王福晋是科尔沁博尔济吉特氏，与董鄂氏实非一人。

董鄂氏在顺治十三年（1656）入宫后，一年之内扶摇直上，位分节节攀升，直至皇贵妃，她也是清代历史上第一位皇贵妃。皇帝隆恩，是来自纯粹的"宠"，还是有其他现实因素，也是后人争论的疑题。

好景不长，董鄂氏原本就体弱多病，皇四子荣亲王又不幸夭折，董鄂氏蒙受打击一病不起。加之与太后不睦，四面受敌，董鄂氏心力交瘁，于顺治十七年八月十九日（1660年9月23日），病逝于承乾宫，年仅二十一岁。

顺治哀痛至极，违背礼制，辍朝四月；半年后，沾染天花，不治驾崩。如前面所言，民间更愿意相信他是看破红尘，去五台山当了和尚。顺治的结局，亦成了清宫谜案。

第二年，董鄂氏族妹贞妃殉死，不久后，康熙生母孝康章皇后离世。

一连串的死亡，触动了戏剧家的敏感神经。金庸先生著作的《鹿鼎记》，就基于《清史稿》的遗漏，进行了缜密补缺的再创作。

海大富深夜质问假太后:"奴才是来请问太后一件事,好回去禀告主子。端敬(孝献)皇后、孝康皇后、贞妃、荣亲王四人,都是死于非命的,主子也因此而弃位出家。下这毒手之人,是宫中的一位武功好手。"——在这部书里,孝献皇后董鄂氏死于化骨绵掌,成为《四十二章经》之争的祭品。

史书的缝隙,就是培植传说的土壤,或野草闲花,或参天大树。编织杜撰的素材人物,董小宛不是唯一的一个,也不是最后一个。

董鄂妃和董小宛,两个美而贤的奇女子。她们的交织重叠,无非是一次声势浩大的移花接木。

2
红楼

旧红学界,曾有《红楼梦》作者为冒襄的假设。冒襄晚年自述,每天写蝇头小楷万语千言,至于写的什么,没人知道,那些字也下落不明。有人大胆推断,应该是"满纸荒唐言,一把辛酸泪"的《石头记》。

这个说法，源自旧红学的索隐派。

所谓"索隐"，在乾隆年间便埋下了种子。研究学者力图从《红楼梦》中寻到与现实对应的蛛丝马迹，于微言求大义，追索原型人物和社会参照。清代文人周春著有《阅红楼梦随笔》，将《红楼梦》的戏剧环境言说为"金陵张侯家事"，并进行了朴素的考证。有人将其发扬光大，发散衍生出"明珠家事说""和珅家事说""傅恒家事说"，等等，其中以"明珠家事说"流传最广。"冒辟疆家事说"虽然不成气候，但拥趸者通过研究《影梅庵忆语》及作者的其他文章，也罗列了不少"证据"。

首先，冒襄的"水绘园"和贾宝玉的"大观园"之间，貌似存在着千丝万缕的联系。

从功能上讲，两者都属豪门权贵的私家园林，是才子佳人吟诗作画的戏剧舞台。另外，它们都是依城而建。冒襄的"水绘园"是现实中唯一以城为墙的私家园林，且如皋的城池格局，与《红楼梦》中的描绘大致相同。

从闺阁庭院命名来看，大观园的"荣禧堂"对应着水绘园的"凝喜堂"，"水月庵"对应"雨香庵"，"含香阁"对应"深香阁"，"梨香园"对应"香俪园"，"潇湘馆"对应"湘中阁"，如此云云。

冒襄友人曾在水绘园写下"绿波声里红楼外"之句，

此红楼和彼红楼的关系,究竟为何?很多人坚信,至少从美学思想而言,《影梅庵忆语》对《红楼梦》作者具有积极影响。

对《红楼梦》的研究各自为营,人事物能对应捆绑者诸多,旧索隐派将其与《影梅庵忆语》相互勾连的设想,让董小宛再度被挖掘分析,成为红学的课题研究对象。有研究者以为,董小宛和林黛玉的形象具有高度的同源性。

小宛名白,黛玉名黛,两人的活动范围都是苏州、扬州、南京等地,且都体弱多病、多愁善感、才华横溢,并寄生在官宦之家。《红楼梦》第五十回:"李绮灯谜,以萤字打一个字。宝琴猜是花草的花字。黛玉笑道:'萤可不是草化的。'"古人言"董",常以"千里草"来影射,有人说黛玉这个"草"字,即是"董"义。一个双木林,为艺术虚拟;一个千里草,是真实本体。

《红楼梦》中,林黛玉是:

> 两弯似蹙非蹙罥烟眉,一双似喜非喜含情目。态生两靥之愁,娇袭一身之病。泪光点点,娇喘微微。闲静时如姣花照水,行动处似弱柳扶风。

《影梅庵忆语》中，董小宛是：

> 面晕浅春，缬眼流视，香姿玉色，神韵天然，懒慢不交一语。

两段主观视角的描述，两位女性，两种初见，都是一样的娇弱慵懒，尤其对眉眼的刻画，简直如出一辙。

除了形象描绘，"花"成了她们两人重要的连接点：《红楼梦》中，黛玉葬花哭道：

> 花谢花飞花满天，红消香断有谁怜？

董小宛随冒襄颠沛时，曾写下诗作：

> 孤山回首已无家，不作人间解语花。

据说，董小宛葬花处位于海盐南北湖方家湾，有石碑纪念。虽说其真实性已无从考证，但"葬花"作为林黛玉最典型的行为艺术，董小宛竟然也对上了。另有众所周知的"黛玉焚稿"，董小宛的手稿也被夺之焚去，自己写的小诗也"多不自存"。

林黛玉有"潇湘妃子"的雅号,而《影梅庵忆语》中,有"时四五龙舟冲波激荡而上,山中游人数千,尾余二人,指为神仙"的描述,小宛曾被当作江妃神女。

董小宛的黛玉原型之论,似乎越深挖越确凿。

《红楼梦》第九十八回,宝玉见诸人散后,房中只有袭人,拉着她的手哭道:"我问你,宝姐姐怎么来的?我记得老爷给我娶了林妹妹过来,怎么被宝姐姐赶了去了?"《影梅庵忆语》中,冒襄刚着枕,便梦回家中,"举室皆见,独不见姬。急询荆人,不答。复遍觅之,但见荆人背余下泪"。冒襄在梦中大声问小宛难道已死了吗,悲痛惊醒。

《影梅庵忆语》中,有诸多关于花草、吃食、茶饮、制香的描绘——"外此则有真西洋香方,得之内府,迥非肆料。丙戌客海陵,曾与姬手制百丸,诚闺中异品"。《红楼梦》第七回有个"不知是个什么海上方儿",叫"冷香丸"。

你看,这些不足以为证的细节,也给拿出来说事儿了。

后世的种种挖掘索隐,有拍案叫绝之处,却也不乏牵强附会之嫌。"冒辟疆家事说"跟其他索隐派一样,巧合处大有,却尚不足以下定论。毕竟富贵家、世间事,左不过兴衰荣辱、悲欢离合,皆可自圆其说。

悲哉六识，沉沦八苦。红楼里有浩瀚的宿命，它可能借鉴的风月，何止一部《影梅庵忆语》？它正在预言的人生，又何止明清两代？这部擎天巨著的谜题，不是一个冒襄、一个董小宛就能解开的。

也许影梅庵的故事真的融进了红楼，成为作者灵感的一缕；也许董小宛的音容，真的化在了林黛玉身上，但她不是唯一，恰似那句"晴为黛影，袭为钗副"，董小宛和林黛玉的剪影有所重叠，各自亦是太多痴情人的写照。

《红楼梦》是个黑洞，吸纳了天地鸿蒙的电光石火。

董小宛与林黛玉，冒襄与贾宝玉，水绘园与大观园，"秦淮八艳"与"金陵十二钗"，他们与我们。

曾经莺燕笙箫，花团锦簇，终归白茫茫一片大地真干净。

3
来处

有关董小宛入秦淮风尘之前的记载并不多，许多传记也是想象多于考证。

口口相传中，在苏州有一座小有名气的绣庄，生意兴隆，名"董家绣庄"。董家是苏绣世家，手艺精湛，到董小宛这一代已经有两百余年的历史了。这样的生长环境，也启发了董小宛的艺术审美。董小宛的外祖父是个秀才，他将满腹经纶传给了独女白氏，而白氏就是董小宛的生母。

而后，董家蒙难，家中左支右绌，小宛饱尝世态炎凉，只得卖身秦淮。后因清丽姿色名噪一时，却不喜纷扰，时常出游，寄情山水之中。

其实，《影梅庵忆语》里的董小宛已经足够完整，无需画蛇添足。

不似其他青楼女子左右逢源，她秉性清高，厌烦纷华喧嚣，唯有花草云月能让她心舒颜展。进入冒门之后，她眼里除了夫君，便是流霞皓月和花间烛影。她近乎本能地靠近、追求、研磨所有美好的事物，哪怕身处国破家散的起落，亦能从容有度，百折不悔。

纵有伤春悲秋之词，也从未放弃过希望。明明抱病在床，见到喜欢的盆花，仍勉强起身，梳妆打扮。她是单纯、执拗、顽强的理想主义者。

见过战乱的累累白骨，盗徒的围追堵截，夜半的厉鬼哭号，丈夫的沉疴重疾——试问哪一劫，寻常女儿家能应付得了？可她偏偏能做到大无畏，必要时又愿意舍身而去。她卑微且强悍，冷傲又专情。

烟柳深处中来，破败山河中去，董小宛是真正的"出淤泥而不染,濯清涟而不妖"。

一部《影梅庵忆语》,足矣。

◆◆◇ 红兰受露
冒襄与吴姬

> 香垆茗碗，拂拭无人，残月晓风，彷徨四顾。

董小宛离世后，冒襄痛心不已。

说起另一部后世忆语佳作《浮生六记》，其作者沈复，残生何往成为谜案。

而《影梅庵忆语》之后的冒襄，仍然存在于其他墨客的文笔中。

其中之一就是陈维崧，与冒襄并列为"明末四公子"之一的陈贞慧之子。

1
衰年

董小宛去世多年后,陈维崧和冒襄相逢于扬州,共乘一舟。当时秋水霜天,凄清惨淡,寒鸦沙雁,冒襄不由得心生悲怆,在江波浩渺中,把这些年的经历,对陈维崧缓缓道来。

人生就是一重重关,一片片雾,在光明与灰暗中交错往复,看尽了无常,却又在得失中重蹈覆辙。

"董小宛病故之后,我写下《影梅庵忆语》,伤痛至极,文才耗尽。我不再年轻,本以为心灰意冷,永不会为感情所累,岂料今天,我再度痛失所爱的女子。"

冒襄说的女子,即是"姬姓吴氏,小字扣扣,名湄兰,字湘逸,真州人"。

这一年中秋后,吴扣扣病死。自叹才竭的冒襄,便借陈维崧的笔墨,记述吴氏的生平始末,于是有了《吴姬扣扣小传》。

2
可念

吴扣扣是冒家侍女,八岁就懂诗文书法,聪颖非常,举止得体,容貌端丽。董小宛见了,甚是怜爱,对冒襄说:"是儿可念。"

董小宛青眼有加,但吴扣扣颇厌铅华,十岁就吃斋念佛,跟着冒襄母亲早晚诵读《金刚经》,日日不辍。其佛缘深重,应得神眷。也许前生是皈依信徒,今世是"慈航再来人"。

顺治八年(1651),董小宛离世,冒襄陷入无尽悲苦,难得解脱。想起小宛生前的那句"是儿可念",他便让扣扣侍奉左右,"授以诗词"。扣扣跟小宛一样,是天资卓越的才女,她喜欢杜甫,《北征》一诗,仅三遍就能背诵下来,且熟练流畅、一字不落。

冒襄颇为惊讶,戏语道:"你啊,研究诗赋短章尚且可以,至于经史大篇,就未必能深解其意了。"

冒襄要跟吴扣扣赌一把,如果她能做到,就把臂饰送给她。

扣扣踊跃从命,冒襄立马从书架上取下一本晋史,名《石苞传》。扣扣随即诵读,不错一字,说文解意,应对如流。冒襄很是惊喜,彻底服了气,脱下臂饰,送给了她。

后来冒襄惊觉,石苞的传记后,又有季伦一传,其中提到绿珠坠楼的不吉之事,竟成了吴扣扣的命运谶语。

——呼应《影梅庵忆语》求签得"忆"的情节,可谓异曲同工。

3
英敏

冒襄那些年来,喜欢跟文士社友云集小室,闲叙倾谈。"药栏湘夹,唱和斐然",吴扣扣也借机跟雅士们学习文才书法。后来,冒襄去扬州短居,吴扣扣寄信问安,满纸簪花,字迹秀丽。信中"兰之受露"四字,细思极妙,才华斐然。冒襄的友人们都惊叹羡慕,称冒襄得了一位才女。

冒襄问扣扣:"'兰之受露'这个词,你是怎么想到的?"

扣扣却笑说:"这是引自江淹的《别赋》,'见红兰之受露',我省却了几字,君自不觉。"

可见扣扣多么聪明,巧思变通。

吴扣扣跟董小宛一样,将冒襄的饮食起居打理得细致体贴,花钱走账毫厘不差。

"姬之品格,更有大异人者。余数年以来,家中出入,悉由姬手。姬不私制一钿蝉,不私易一纤缟。"只是她勤俭归勤俭,旧物都舍不得扔,未免抠搜了些。

冒襄笑话她:"你是个旷达女子,可这作风,怎么有股子愚钝的学究气呢?"

扣扣揪住"女子"和"学究"反驳道:"你的意思是,女子中无丈夫,对吗?"

冒襄被冷不丁一驳,瞬间没话了,竟然还生出些愧疚来。他心想,这吴扣扣的眼界气节,果真非寻常女子能及。

"其英敏大率类是。"回忆到这里,冒襄不禁对陈维崧感叹道。

扣扣毕竟不是小宛,她有傲骨跟锋芒。董小宛全心托付、百依百顺,几乎失去自我。

扣扣喜欢冒襄,但决不会把冒襄当作信仰。她向往的归处是极乐净土,眼前人,过客罢了。

4
前人

春日,水绘堤前,冒襄和扣扣共赏桃花。

吴扣扣突然问:"你生平语妙天下,为什么对我惜字如金?作一首诗给我吧。"

冒襄作小诗,当即赠予扣扣:

> 镐户才知春昼长,
> 　殷勤罗袖拂花黄。

眉言眼语真奇秀，

始信人间别有香。

冒襄对扣扣的评价很高。前两句并无特别，后两句一个"真奇秀"，一个"别有香"，都意指卓尔不凡、与众不同。冒襄生平阅美无数，扣扣能雁过留痕，正是因为她的伶俐且独立。

只是她从未求诗，忽然有这个心愿，实在是奇怪。冒襄发现，她近来又喜欢些凄凉的绝句，比如"玉颜不及寒鸦色"之类，还让画工绘出诗中意境。这些都是红颜薄命的闺阁憔悴语，也不知她何来的伤感。

一日，扣扣忽然来了兴致，在水绘园栽种秋白海棠，一边栽种，一边伤怀道："前人种花，后人看花。""前人""后人"的诡异说辞，简直令人毛骨悚然——就好像她已料到自己将不久于人世，特留下一片海棠作遗物，给冒襄一个睹物思人的念想。

冒襄观其言行，越来越觉异常，逮个机会试探问道："你素来虔心念佛，现在怎么不念了？"

扣扣摇头叹息："念经是出家人所为，我已经跟从了你，奈何啊。"

言罢，扣扣闷闷不乐。她好像早就看破了尘世，凡俗爱欲只需浅尝一次，不想弥足。

冒襄更加坚信，她一定是"慈航再来人"，本就是为修行而来。

果然，不久后，吴扣扣就离冒襄而去了。

董小宛离世后，冒襄的心中涌起惊涛骇浪，之后的漫漫岁月，平湖无波。

吴扣扣像一缕春风，熨帖地划过，惊动了冒襄的余生。

5
如君

顺治十八年（1661），冒襄刚好年过半百，他打算正式将吴扣扣纳为妾室。

就是在这一年六月，扣扣突然患病，于中秋节后两日病亡，年方十八。陈维崧写道，冒襄"先生哭之恸"。

"吴如君"的名分已定，她已经是冒家的人了，于是被安葬于城南郊影梅庵侧"冒家龙圹"。

吴扣扣的人生结束了，关于她的讨论时至今天不绝。有人大胆臆测，正如董小宛可能与《红楼梦》相关，吴扣扣的性格身世，跟晴雯如出一辙，疑为其原型。

金陵十二钗又副册里,晴雯的判词是:"霁月难逢,彩云易散。心比天高,身为下贱。"最后一句是:"多情公子空牵念。"

董小宛、吴扣扣之后,冒襄的情史还在延续。

康熙四年(1665),冒襄纳蔡女萝为妾;康熙六年(1667),又纳金晓珠为妾;康熙十七年(1678),续纳张氏为妾,育有一女。传言,三位妾室卒后,亦葬于"冒家龙圹"。还有人云,直到七十五岁,冒襄也未放弃继续纳妾的念头。

风流荒遣,是为情种,却再未留下可比《影梅庵忆语》的传世佳作。

◆◆◇ 朴巢往事
冒襄生平简记

冒襄的一生，自明万历三十九年（1611）始，终于清康熙三十二年（1693），与方以智、陈贞慧、侯方域，并称为"明末四公子"。

《清史稿·卷七十·文苑传一》中，关于冒襄的记载相对简略：

> 冒襄，字辟疆，江苏如皋人。明朝贡生。少游董其昌门，其昌序其十四岁时诗作，方之王勃。性至孝，时流寇纵横，父起宗以吏部郎出历官副使，犯权贵忌讳，抑陷襄阳监军，置必死地。襄走京师，泣

血上书，乃得调宝庆，于是孝子之名闻天下。所与游皆当时熊俊，与桐城方以智、宜兴陈贞慧、归德侯朝宗矜名节，持正论，品覈执政，裁量公卿，时称四公子。襄负盛气，高才飙涌，尤能倾动人。尝置酒桃叶渡，会东林六君子诸孤，酒憨，辄狂以悲，诃詈奄党，因与诸孤结社金陵相抗。马、阮当国，憾之。党狱兴，捕得贞慧，几死，襄仅免。国变后，遂无意用世。性喜客，家故有水绘园，擅池沼亭馆之胜，四方名士招致无虚日。尝恣游大江南北，穷览山水，每于歌楼酒壁，纵谈前代名卿党逆、门户排击、是非邪正之事，以及南都才人学士，名倡狎客、文酒游宴会之欢乐，风流文采，映照一时。当事屡荐于朝，皆不就。贞慧子维崧少而才，邀至家，饮食教诲之，以成其名。好周三党之急，尝鬻产两救凶荒，全活无算，家遂中落。晚年却埽家居，构匿峰庐以图书自娱。年八十，犹作擘窠大书，体势益媚，人争宝之。康熙三十二年，卒。著有《水绘园诗文集》《朴巢诗文集》，有编其诗友投赠诗文为《同人集》十二卷。

基于这四百余字,还有其他文人的作品,加之后世的研究追索,冒襄的生平得以不停扩充、衔接,一幅完整的画卷铺展开来。

1
朴巢

万历三十九年(1611),伽利略确认了太阳黑子的存在,人类进一步接近宇宙奥秘;罗马帝国有二十万人死于鼠疫之灾,人类与自然的斗争无休无止;东方华夏,大明王朝国势衰颓、人祸四起,最后一位明皇帝朱由检出生。

这不是惊世的一年,但全新的历史周期,已经埋下线索伏笔,蠢蠢欲动。同在这一年,冒襄出生,他是有记载以来如皋冒氏的第二十代后人。

如皋冒氏始祖冒致中,是元代时两淮盐运司丞;冒襄的祖父冒梦龄,以贡生身份出任南宁知州;父亲冒起宗则为崇祯元年(1628)的进士。冒襄出生在官宦世家,幼年随祖父在任所读书学习,才华斐然,十四岁就刊刻诗集《香俪园偶存》,董其昌将他比作王勃,称他"两岁涉四方,十二称文章,束发侈结交,鸿巨竟誉扬",撰《冒辟疆香俪园偶存诗序》：

> 《王右丞集》载十六十九岁诗，不必王子安《滕王阁诗》若《序》，江河万古，四杰无论。假令右丞之诗不著年月，谁能辨其少作耶？岳灵气只有此数，古今文人共之。头出头没，无足异者。"宿世谬词客"，右丞语不虚也。此辟疆十四岁时作，才情笔力已是名家上乘，安知非前身老诗人再来？亦安知非高常侍五十为诗，常苏州六朝吟客，千锤百炼，撚破髭鬓者，习气未尽，再入词场，点缀盛明一代诗文之景运耶？辟疆自谓此"故吾不忍废"。予谓此如昆山之人以夜光抵鹊，何言之易！以诧于赏音者。云间八十退叟董其昌撰并书。

董其昌寄望冒襄能"点缀盛明一代诗文之景运"，极尽褒奖，绝非恭维客套。遗憾的是，他的厚望还是落空了，明朝国运没撑到"一代"，冒襄的诗文也未能引领风骚。冒襄舞文弄墨是兴趣使然，加之家大业大，自以为无后顾之忧，便养成了玩世不恭的公子哥脾性。况且，少年饱受赞誉，青年很难锐意进取。

冒襄颇喜谢灵运,这位南北朝时期的诗人,也是中国第一位全力创作山水诗的文人,有"密林含余清,远峰隐半规"之语。寻山不如造林,冒襄干脆在老家南郊庄园建了个别墅,明亡清立之际重修水绘园,后成为江南的著名园林。冒襄所著的《南郭别业记》中记载:"其地碁枰,周方可三十亩。"可见规模之宏伟。

古代造园讲究风水,南郭别业三面环水,进去后,对岸有古庵,庵前多平原古冢,当时还有老僧在那儿诵读佛经。经冒氏后裔、学者冒广生考证,这座古庵,就是著名的"影梅庵"。

陈维崧的《妇人集》中有"姬后夭,葬影梅庵旁"之句,董小宛初到冒家,被安排进的"别室",也是影梅庵。

——影梅庵,是小宛来时处,归去处。《影梅庵忆语》,因此得名。

冒襄之号"朴巢",也与南郭别业相关,也对应着其中一处景观。《朴巢记》里有段描述,引人浮想联翩:

> 巢不絙不梯,空游满树,想际真人,神往邈古,更为旷绝。巢成即以树名,余尤爱其朴也。

冒襄于河畔古朴树上结巢,故号"朴巢"。

古时就有远离尘嚣、筑巢而居者,冒襄造景,也有君子比德、返璞归真之志。此后,冒襄经常带朋友游赏,并邀请名士赋诗题咏。

而后,朴巢古树毁于明末乱世,实在可惜。

明代最出名的树,是崇祯帝自缢的老歪脖子树,也实在讽刺。

2
秦淮

天启七年(1627),冒襄十六岁。

这一年也是历史上风云激荡之年,在遥远的西方,英国科学家罗伯特·波义耳出生,他从硝酸银中发现了变色反应,为后世的照相术奠定了重要基础。

在中国,后金的势力日益壮大,巩固了在东北地区的统治,蓄谋继续南下。已经疲惫不堪的明王朝,在阉党弄权多年后,由十六岁的朱由检执掌政权。他是明王朝作为全国统一政权的最后一位皇帝。同年,魏忠贤在直隶河间府阜城县自缢而死。

也是在这一年，冒襄开始准备参加科举考试。年少轻狂，胸怀报国之志，本以为能一举中榜、功成名就，延续书香门第之光耀，此后却是六次赴考，六次失意，仅两次中副榜，连个举人也未捞到。

有关几次科考的资料不详，有说法称，冒襄在前几次中遇有因病未能考完的情况，后又因文章不入考官法眼铩羽而归，再后来，因为贿赂公行，再次失利。他曾在《感怀》中写下"名场十年未逢时"之句。

崇祯二年（1629），冒襄成婚。妻子苏元贞，就是《影梅庵忆语》中那位通情达理的正房夫人。冒襄祖父冒梦龄任江西会昌县令时，便与苏元贞之父苏文韩订下了"娃娃亲"。苏文韩是读书人，女儿苏元贞自然也能诗会画，有不少画作流传于世。

婚后，冒襄的风流习性有增无减，去南京考试，既是科举之路，也是名姬之游。他的一段段"婚外情"，在秦淮河畔，轻轻撩开了帷帐。

与南京夫子庙并立的是江南贡院，坐落于武定桥和钞库街之间。这里便是南曲名妓云集，樽酒不空、翡翠鸳鸯的风月之地了。冒襄与豪贵公子为伍，乌巾紫裘，寻花问柳。

崇祯三年（1630），陕西起义军由神木渡河，进入山西,攻襄陵、吉州、太平、曲沃,烽火燃遍山陕两地。同时,后金兵马日日逼近山海关,明军为抵抗外患,开始研用地雷。

最后一个封建汉人王朝江河日下,流寇遍地,社会动荡,江浙一带的士大夫依然在短暂的和平里,骄奢风雅。

名噪秦淮的"王家三胞胎"中,二妹王节娘颇具姿色。冒襄跟王姬的短暂交往,在冒氏的文友锡山黄传祖《奉祝辟疆盟兄暨苏夫人四十》一词中留有记录:

> 金陵握手钱郎席,王姬劝瑛淹遥夕。

余怀《板桥杂记》载,后来王氏从扬州的顾不盈和王恒之。

还有一位南曲名妓,跟王节娘并行,她就是秦淮河桃叶渡上的另一位佳人——李湘真。她的故事,也收录在《板桥杂记》中。

> 殆《闲情赋》所云"独旷世而秀群"者也。性嗜洁,能鼓琴清歌,略涉文墨,爱文人才士。所居曲房秘室,帷帐尊彝,楚楚有致。中构长轩,轩左种老梅一树,花时香雪

霏拂几榻；轩右种梧桐二株，巨竹十数竿。晨夕洗桐拭竹，翠色可餐，入其室者，疑非人境。

李湘真，字雪衣，南曲中称她为十生、李十娘。她肤白如雪，慧巧灵动，特别是一对明丽有神的眼睛，顾盼神飞，惹人怜，摄人魄，在另一版"秦淮八艳"中，有其姓名。

有记载说，冒氏在金陵时，时常逗留在李十娘的"寒秀斋"。冒襄视十娘为红颜知己，无话不谈。十娘平日自重声价，凡人不入其眼，所以常婉言谢客，闭门不自妆饰。然而，对冒辟疆这样的才俊，十娘却是无比欢迎的，寻欢作乐之余，还教他戏曲昆腔。

崇祯十二年（1639）乡试，学使倪三兰出了三十道时文题，考生必须在入闱前交稿。冒襄白天社交应酬，只能在晚上与十娘同寝时，默默打一腹稿。正事闲情两不误，冒襄在一月之内竟然完成了，令十娘和社友们颇为惊叹。

晚年冒襄回忆起这段韵事时，写下《和书云先生己巳夏寓桃叶渡口即事感怀原韵》一诗：

寒秀斋深远黛楼，
十年酣卧此芳游。

媚行烟视花难想,
艳坐香熏月亦愁。
朱雀销魂迷岁祀,
青溪绝代尽荒丘。
名赢薄幸忘前梦,
何处从君说起头。

3
初成

崇祯九年(1636),李自成率领农民起义军大举进攻,旱灾、虫灾肆虐,饥民无粮,甚至开始人吃人。

后金大汗爱新觉罗·皇太极称帝,改元崇德,并正式将国号"大金"改为"大清",定都沈阳,改名盛京。当年,清军攻京畿、征朝鲜,准备在中原大地建立又一个统一王朝。

虽说冒襄科举未成,但凭着家世地位和社交能力,在秦淮风月世界中很有话语权。当年,他召集了明末天启年间被魏忠贤杀害的"六君子"遗孤,举办了一场盛大的宴会。

"东林六君子",出自以江南士大夫为主的政治集团

"东林党",忠心报国,讽议朝政,力战阉党逆臣,形成了广泛的社会影响。魏忠贤杀害六人后,仍不肯罢休,命人剔出他们的喉骨,烧化成灰,与太监们一齐争吞下酒。

史料记载,在这次宴会上,魏忠贤的党羽——阮大铖的家班艺人上演了《燕子笺》。阮大铖先依东林党,后依魏忠贤,为人反复,臭名昭著。冒襄当场痛骂阮大铖,可谓大义凛然。

局势日渐颓败,冒襄等江南文人书生也开始了密集的政治活动。崇祯十二年(1639),吴应箕起草《留都防乱公揭》,一百四十余人具名,弹劾阮大铖,痛揭其祸国之罪,陈贞慧、黄宗羲,以及冒襄的名字都在其中。这篇文书,使得阮大铖之流如过街老鼠,万人唾骂。

第二年,在扬州郑元勋宅邸——影园内,一枝罕见的黄牡丹夺目盛放。冒襄借此主办了一场咏黄牡丹的诗会,从此声名鹊起。这黄牡丹诗会的裁判,正是虞山宗伯钱谦益。

钱谦益的事迹,除了同柳如是的惊世情史、帮董小宛脱籍赎身,还有许多可以挖掘之处。这位东林党领袖之一,曾经与冒襄属于同一阵营。李自成攻破京城、旧主自缢后,南明立主之事必须提上议程。东林党的推举人选,与权贵马士英的意见不同,钱谦益为了保命,上书马士英歌功颂德,力荐阮大铖为兵部侍郎。而后,东林党的预谋被揭发,马士英杀尽东林党诸人,唯独放过了参与人——识时务的钱谦益。

此一时,彼一时。交织错落,相离相合,就是历史。

也就是在这两年间,冒襄跟《影梅庵忆语》中的董小宛初见、结缘,同步演进着他们的爱情故事。

4
鼎革

崇祯十七年(1644),闯王李自成攻入北京城。此前,明军在与农民军、清军的两线交战中,屡战屡败,战斗力早已丧失殆尽,各大要关相继失守。加之连年瘟疫、流寇横行,明王朝早已不堪一击。三月十八日晚,崇祯帝朱由检刺死了自己年仅六岁的女儿,又砍去长平公主的左臂,赐死皇后嫔妃,自缢于煤山。明朝的覆灭,使吴三桂失去倚靠,他本想投靠李自成,却因陈圆圆被其部下掳走而作罢。而后,吴三桂联合清军击溃李自成,引清兵入关。

清军南下之际,亡明官僚纷纷降清,冒襄四处流离,九死一生。

在南京,明朝旧臣建立了弘光政权。阮大铖投靠马士英,任南明的兵部尚书兼副都御史,他要对当时弹劾他的诸君子展开报复。

冒襄当时举家逃往南京。阮大铖游说冒襄,冒襄不听,坚决不降。关于冒襄接下来的去向,有两种说法,一说阮旧派遣锦衣卫逮捕了他,第二年阮大铖逃离南京,冒襄得以释放;另一说,冒襄连夜逃往扬州,求助于史可法才躲过一劫。

顺治二年(1645)闰六月,清军攻破南京,南明政权被迫转移到福州。

不久后,断了左臂的长平长公主,因思念父母抑郁成疾,香消玉殒。她曾上书顺治帝要求出家,并未获准。在武侠小说中,她得遇异人练就绝世武功,成立邙山派,人称"独臂神尼"。

而血淋淋的史实,尽是奔逃、折损、呐喊、消亡。没有盖世神力,没有江湖传奇。

清军在南京重申剃发令:

> 自令布告之后,京城内外,直隶各省,限旬日尽行剃完。若规避惜发,巧词争辩,决不轻贷。

"留头不留发,留发不留头。"民众的反对声声浪滔天,英勇顽抗中血流成河,冒襄再次举家逃往盐官避难。

从酷暑到严冬,冒襄拖家带口、辗转颠沛,对应《影梅庵忆语》中,马鞍山"遇大兵,杀掠奇惨","仆婢杀掠者几二十口,生平所蓄玩物及衣贝,靡子遗矣"的记述。

历经这次剧变,冒襄回归故里,开始了隐居生涯。

在家乡如皋,冒襄修筑水绘园,日子过得看似悠游自在。

王利民、丁富生、顾启撰写的《冒辟疆与董小宛》一书中记载,有人劝冒襄"顺天时以节人事",但冒襄只是笑而不应。

时代的尘埃落在个体头上,都是泰山之重。冒襄做了选择,他视自己为明朝遗民,不肯仕清。

5
前朝

顺治九年(1652),对全世界来说,都是相对平和的一年。中华大地,大清政权走向稳固,崭新的秩序正在建立。

冒襄始终未应清朝科举,清廷征辟前朝遗贤,冒襄在

被征之列。当年的复社成员陈名夏写信给他,转达了当权人物对他的赞誉:

天际朱霞,人中白鹤。

陈名夏已经降清,希望冒襄也能识时务,借由这个机会,效力新朝,重整破碎家业。

但冒襄以痼疾为由,坚定地回绝了。

康熙年间,清廷开"博学鸿儒科",下诏征"山林隐逸",冒襄又被举荐,但他再度拒绝。

冒襄在水绘园里增建新景,纪念自己的抗清故友,又收养东林党、复社的遗孤。

五十岁之际,有许多友人为冒襄作寿序。有名有姓者诸多,比如书法家侯玄涵、湖广提学道高世泰,等等。其中有个叫瞿有仲的常熟人,从顺治十七年(1660)开始,就在冒襄的水绘庵随师讲学。他在为冒襄所作的《巢民冒先生五十荣寿序》中写道:

读唐史至郭汾阳传,辄而有感。噫嘻,可为太息者矣!以汾阳之才、汾阳之功、汾阳之心,与事何嫌何疑,而借声色歌伎韬晦

> 若此，况丈夫而当乱世之末流者哉！况有才无功有心无事，忧愁愤懑，骚屑难平者哉！余观夫绝尘之士，或沉情曲蘖，或托兴深山，或寄怀于竹溪花径，风轨未殊，感致匪一。甚至其感弥深，其狂弥甚，英雄志士之苦心，盖有未可语人者矣。

大丈夫韬光于乱世，英雄苦心愤懑，无人可诉。所以有人揣测，水绘园中，也藏着冒襄日益遥远的政治理想。他渴望有一天，风云再变，能在大明光复之前夜，有所作为。

冒襄在诗书琅琅里安居，在曲乐声声中沉默，他用各种麻醉剂，抵御庞大的凄凉——冒襄真正认同的人生，只有前半生。

顺治十八年（1661），吴三桂率清军入缅，缅甸王莽白将南明永历帝交给了清军。第二年，永历帝与太子朱慈煊被吴三桂处决于昆明。后来，郑成功沿用永历年号，东征台湾，作为抗清基地，康熙二十二年（1683），延平王郑克塽降清，明朝遗梦彻底成为泡影。

冒襄闻得这一桩桩事，想必也看开了。他已年过古稀，知道自己去日无多。

康熙二十八年（1689），又一个盛世来临。冒襄之孙冒浑,加封左都督。两年后,冒浑封从三品衔。

冒辟疆为孙写贺诗道:

> 绮年何意学从戎,
> 万里扶摇一诺中。
> 修绠翅垂鳌背阔,
> 冲锋炮击虎头雄。
> 时逢盛世宏开诏,
> 天与男儿立大功。

冒浑能重振家声,冒襄是相当开心的。
前朝故梦留给自己,现实功名交于后世。

6
终了

日暮不堪歌吹急,白头音调更凄凄。

晚年的冒襄家道中落,强邻占地,生活穷困潦倒,只能靠卖字维生,勉强度日。

他自述道:

> 献岁八十，十年来火焚刃接，惨极古今！墓田丙舍，豪豪尽踞，以致四世一家，不能团聚。两子罄竭，亦不能供犬马之养；乃鬻宅移居，陋巷独处，仍手不释卷，笑傲自娱。每夜灯下写蝇头小楷数千，朝易米酒。

    康熙三十二年（1693），大明王朝的痕迹被岁月洗涤褪色，遗忘于又一轮太平唱颂之中，前代的记忆纷纷入土为安，那些嘈杂的议论，那些撕心的悲鸣，皆渐渐平息退却。一番番四季轮回后，山河还是那个轮廓，但冒襄的纨扇流萤好年景，早已被铁骑碾碎，只得在半梦半醒时，恍然往复。时间不能逆转，历史奔流无情，凡人如沧海一粟，声色犬马一时，终逃不过生老病死。

    这一年，冒襄与世长辞。

    《清代七百名人传》中，称冒襄"恣游大江南北，穷览山水，每于歌楼酒壁，纵谈前代名卿，党逆门户，排击是非邪正之事。以及南都才人学士，名倡狎客，文酒游宴之欢，风流文采，映照一时"。

    青史留名，为后人乐道。

冒襄逝世的七十年之后,乾隆二十八年(1763),江苏苏州。

清代文人沈三白出生,借着"忆语"体的余温,写下又一部旷世佳作《浮生六记》。

中国最后一个封建王朝,历经百余年的鼎盛之势,也逐步走向腐朽与衰亡。

◆◆◇ **为欢几何**
对望《浮生六记》

1
文史

1982年，现代著名小说家孙犁创作了一篇悼念亡妻的散文《亡人逸事》。文章回忆了与妻子相处的生活琐事，笔调平淡质朴，妻子的美好品性跃然纸上，情真意切，令人不禁为之洒泪。然而，孙犁的妻子死于1970年，从亡故到成文，相隔了十二年之久。

妻子新丧时，孙犁正蒙受屈辱，被加之种种罪名。当时的文艺界，抒发个人情感的作品鲜有，落笔需慎之又慎。直到上世纪80年代，怀旧文章盛行,孙犁才借此东风,追念故人。

　　一个文人写什么、怎么写、什么时候写,除了自身的选择外,还有种种复杂的因由。

　　关于夫妻故事的文章,往历史深处搜寻,可一眼看到李清照的名字。她在丈夫赵明诚去世六年后,写下了《金石录后序》。这六年,李清照改嫁又遇人不淑,跟丈夫收藏的文物在战乱流离间所剩无几。回忆起与赵明诚的志趣相投、朝夕为伴,李清照悲痛欲绝,《金石录后序》的字里行间,尽是她与赵明诚的情深意笃。

　　明代以前,关于夫妻生活的最详细笔录,几乎仅此一篇。

　　在中国古代封建社会,五伦之首即是夫妻关系。"有天地,然后有万物;有万物,然后有男女;有男女,然后有夫妇。"但因礼法约束禁忌,夫妻关系虽然重要,却不可多言。文学作品中涉及闺房情趣、柴米油盐,最多占几句篇幅,不可独自成章。

　　古时以来,琴瑟和鸣、如胶似漆的夫妻必然不在少数;详情实景,只能封存于棺椁,发掘于典故;到明代后期,一切都变了。一些世情小说,如《金瓶梅》,还有崇祯年间的《吴江雪》《玉支玑》,纷纷问世。明末清初,《影梅庵忆语》打破古典文学鲜涉夫妻的惯例,将婚恋纪实、闺阁风月摆到了台面上。

究其社会原因,明代前期,统治阶级对知识分子大肆倾轧,倡程朱理学,兴文字狱,使他们的兴趣才智被禁锢于八股桎梏中,文坛自然是一片死气沉沉。至明代后期,资本主义萌芽产生,旧秩序渐趋失控,严酷的礼教约束松懈下来,文人的自我意识、自由意识开始觉醒,新的文学类型也就应运而生了。

冒襄的《影梅庵忆语》后,"忆语"大门倏地推开,陈裴之《香畹楼忆语》、蒋坦《秋灯琐忆》、余十眉《寄心琐语》、王韬《眉珠庵忆语》等纷纷涌现,最为知名的当数沈复沈三白的《浮生六记》。

从人物熟知度上来讲,董小宛肯定超过陈芸,可以作品熟知度而言,《浮生六记》经由这几年不同译本的推波助澜,更胜一筹。

《影梅庵忆语》和《浮生六记》,都以自传散文的形式,展现了爱情婚姻生活的全貌,属"忆语体"的典范之作。

2
红颜

《浮生六记》著于嘉庆十三年(1808),"浮生"出自李白诗《春夜宴从弟桃李园序》：

> 夫天地者，万物之逆旅也；光阴者，百代之过客也。而浮生若梦，为欢几何？

《浮生六记》以作者沈复与陈芸的婚姻生活为主线，将二人的闺房乐趣直抒纸上，情投意合间，又描写了浪游各地的所见所闻。"拔钗沽酒，不动声色，良辰美景，不放轻过"，"布衣菜饭，足以安乐终身"，可惜纵使伉俪情深，他们还是在礼教的压迫与生活的困顿中，飘零他乡，生死永隔。陈芸的蕙质兰心、知书达理、乐观豁达，深受后世文人读者的喜爱，她更被林语堂称为中国文学史上"最可爱的女人"。

沈复称赞陈芸"具男子之襟怀才识"；冒襄最多是写了句"姬明大义、达权变如此，读破万卷者有是哉？"。都是同男性类比，沈复给陈芸的评语偏向于"大气"，冒襄对小宛的点评偏向于"聪明"。要知道，古时男人夸女人"聪明"，多是男权视角的"中用"。相较于董小宛，陈芸的个体意识更为强烈，体现出了相当大的进步性与叛逆性。

首先，陈芸与小宛所处时代的大环境不同。《万历野获编》中有云，明代"良媛以笔札垂世者多矣"，而清代女性文学家的数量远超前代数倍不止,人们对于女性才识的表达更显宽容。一批明末有识之士,如李贽、冯梦龙等人的女性观也颇具进步意义,对后世的影响很大。尤其在冯梦龙的"三言"中,女性不再是男性的附属与玩物,而有了自己的意识跟价值。所以,陈芸能和沈复夫唱妇随,欣然对出"兽云吞落日,弓月弹流星"。

陈芸嫁给沈复后,并不甘心被禁锢于斗室,依然想有说走就走的旅行。她对夫君说:"吴江必经太湖,妾欲偕往,一宽眼界。"

董小宛在嫁给冒襄之前,动辄隐居避世,过门之后,就兢兢业业为人妾,对自然风光的寄托,全都安放在月色花影里。

关于饮酒,《影梅庵忆语》中说,董小宛"能饮,自入吾门,见余量不胜蕉叶,遂罢饮"。

而陈芸的状况是,不想喝也得喝,喝完了再一起玩耍。"芸不善饮,强之可三杯,教以射覆为令。自以为人间之乐,无过于此矣。"

此外,沈复还多次写到芸娘乐不可支的样子。"遂与比肩调笑,恍同密友重逢","余与芸联句以遣闷怀,而两韵之后,逾联逾纵,想入非夷,随口乱道。芸已漱涎涕泪,笑倒余怀,不能成声矣"……陈芸最开始也拘谨守礼,不肯当众与丈夫挨在一块儿,后来丝毫不避讳旁人异样的眼光与非议,如胶似漆,平起平坐。

陈芸与沈复的互动是平等的,董小宛是屈从的、单向的。董小宛嫁给冒襄后,一直恭恭敬敬地做保姆、当秘书,从未逾矩。大家坐着她站着,大家吃着她看着。她不似陈芸的情绪表达那般鲜活,有血有肉,自始至终都有令人心疼的克制与苍白,刚烈有余,明媚不足。

造成两者不同的重要因素,还有她们天渊之别的出身。董小宛出身于烟花柳巷,而陈芸是"舅氏心余先生女也"。董小宛自愿遵守封建男权的伦理规范,毕竟秦淮风月与家庭生活是两个维度,烟花柳巷可以放浪形骸、不拘礼法,官宦门楣必须遵从道德纲常,才能有一席之地。"从良"的"良"字,是社会意义的转变。所以在举家逃难时,董小宛曾劝冒襄:"首急老母,次急荆人、儿子、幼弟为是。彼即颠连不及,死深箐中无憾也。"而后清兵迫近嘉兴,冒襄想丢掉小宛,小宛也觉得理所应当。

再回望《浮生六记》中的陈芸,当她重病时,"上下厌之",便在病榻上对沈复说:"妾死君行,君必不忍;妾留君去,君必不舍。"陈芸病故前嘱咐遗言,沈复对她说:"卿果中道相舍,断无再续之理,况'曾经沧海难为水,除却巫山不是云'耳。"

生死关头，陈芸夫妇的对话，是基于相互的信任、理解与爱，与《影梅庵忆语》的差异立现。

那么，陈芸距离现代女性的思想还有多远？其实还很远。

陈芸的反叛行为多来自丈夫的支持、怂恿、许可，就如女扮男装夜游水仙庙一事，没有沈复的许可和支持，她不可能擅自行动。另外，陈芸支持一夫多妻的婚恋观，遇见中意的女子，还会主动询问丈夫的心意，帮丈夫纳妾。与女儿诀别时，她殷殷叮嘱"须尽妇道，勿似汝母"，这些都是缺乏自主意识的体现。

董小宛的病故，是流亡、侍疾给折腾的，陈芸的死亡，说到底是因为丈夫无能，多次失业，入不敷出，最后无钱医治。她俩都依附于男性家庭，殚精竭虑，最后耗尽元气。

《影梅庵忆语》中，冒襄以关帝签之"忆"字，和噩梦、诗谶等情节，给他与董小宛的缘分蒙上神秘的色彩。《浮生六记》中，陈芸死后，也有"显灵"的一笔：

> 余乃张灯入室，见铺设宛然而音容已杳，不禁心伤泪涌。又恐泪眼模糊失所欲见，忍泪睁目，坐床而待。抚其所遗旧服，香泽犹

存,不觉柔肠寸断,冥然昏去。转念待魂而来,何遽睡耶?开目四现,见席上双烛青焰荧荧,缩光如豆,毛骨悚然,通体寒栗。因摩两手擦额,细瞩之,双焰渐起,高至尺许,纸裱顶格几被所焚。余正得借光四顾间,光忽又缩如前。此时心春股栗,欲呼守者进观,而转念,柔魂弱魄,恐为盛阳所逼。悄呼芸名而祝之,满室寂然,一无所见。既而烛焰复明,不复腾起矣。出告禹门,服余胆壮,不知余实一时情痴耳。

写书人敬鬼神、信命运,却在生时不知怜取眼前人,想想也是荒谬。

两本书,都是生死缠绕的爱情悲剧,也都是封建社会的女性哀歌。

有一点不得不提,从《影梅庵忆语》到《浮生六记》,人物主体经历了从妾室到正妻的变化——《香畹楼忆语》中的紫姬是陈裴之的妾,《秋灯琐忆》中的秋芙是蒋坦的妾。同时,这种变化也由风云佳人转向普通百姓,从渲染超凡,到白描不凡,无疑具有进步意义。

3
雅趣

《影梅庵忆语》与《浮生六记》都有大篇幅描绘生活的篇章。

冒襄住在钟鸣鼎食的大宅院,与董小宛的生活高贵风雅,吃穿用度都考究细致,燃香烹果布宴,用料都是一等一的。沈复和陈芸失去大家庭的庇荫,经济拮据,墙纸都要自己糊,只能用最实惠的方法营造生活趣味,就地取材,苦中作乐,自己动手丰衣足食。

董小宛和陈芸都爱花,董小宛收获了爱菊,是这样处理的:

> 高烧翠蜡,以白团回六曲,围三面,设小座于花间,位置菊影,极其参横妙丽。始以身入,人在菊中,菊与人俱在影中。回视屏上,顾余曰:"菊之意态尽矣,其如人瘦何?"

屏风翠烛,团扇小座,参差妙丽,置景华贵。这一套下来,道具费就不菲,没点家底可玩不起。

《浮生六记》中的人生,"穷"是个大主题。"余贫士也,子以尤物玩我乎?""且念一杯之叙,非寒士所能酬""贫士屋少人多,当仿吾乡太平船后梢之位置""贫士起居服食以及器皿房舍,宜省俭而雅洁""余日奔走衣食,中馈缺乏"……经济条件这么差,想养花造景,沈复和陈芸能做的就是物尽其用:

> 点缀盆中花石,小景可以入画,大景可以入神。一瓯清茗,神能趋入其中,方可供幽斋之玩。种水仙无灵璧石,余尝以炭之有石意者代之。黄芽菜心,其白如玉,取大小五七枝,用沙土植长方盘内,以炭代石,黑白分明,颇有意思。以此类推,幽趣无穷,难以枚举。如石菖蒲结子,用冷米汤同嚼喷炭上,置阴湿地,能长细菖蒲,随意移养盆碗中,茸茸可爱。以老莲子磨薄两头,入蛋壳使鸡翼之,俟雏成取出,用久年燕巢泥加天门冬十分之二,捣烂拌匀,植于小器中,灌以河水,晒以朝阳;花发大如酒杯,叶缩如碗口,亭亭可爱。

陈芸被窘迫的生活锻造成了手工艺术家,没有宝,就想方设法变废为宝。缺灵璧石,硬炭块可以充数,在炭块上培植出苔藓菖蒲,放盆里就是个景儿。

同样的道理,炎炎酷暑,家里没屏风也不着急。陈芸脑洞大开,拿扁豆藤、废木枝为材料,发明了个移动屏风:

> 每屏一扇,用木梢二枝约长四五寸,作矮条凳式,虚其中,横四挡,宽一尺许,四角凿圆眼,插竹编方眼,屏约高六七尺,用砂盆种扁豆置屏中,盘延屏上,两人可移动。多编数屏,随意遮拦,恍如绿阴满窗,透风蔽日,纡回曲折,随时可更,故曰活花屏。有此一法,即一切藤本香草随地可用。此真乡居之良法也。

一双巧手,结合了节俭作风跟审美雅趣。

古时体面人家爱焚香,《影梅庵忆语》中,冒襄嫌弃"宫香话品淫,沉水香俗",喜欢的香料绝非市场货色。

陈芸制的香,用的便是冒襄瞧不上眼的、廉价的沉香瓜果。

> 静室焚香,闲中雅趣。芸尝以沉速等香,于饭镬蒸透,在炉上设一铜丝架,离火中寸

许,徐徐烘之,其香幽韵而无烟。佛手忌醉鼻嗅,嗅则易烂;木瓜忌出汗,汗出,用水洗之;惟香圆无忌。佛手、木瓜亦有供法,不能笔宣。每有人将供妥者随手取嗅,随手置之,即不知供法者也。

再看吃食,董小宛的食材是熏肉、醉鲟、醉蛤,陈芸没这个条件,只能在包装上扳回一城。她动用智慧,发明了实用精巧的"梅花五瓣小食盒"。

芸为置一梅花盒:用二寸白磁深碟六只,中置一只,外置五只,用灰漆就,其形如梅花,底盖均起凹楞,盖之上有柄如花蒂。置之案头,如一朵墨梅覆桌;启盖视之,如菜装于瓣中。一盒六色,二三知己可以随意取食。食完再添。另做矮边圆盘一只,以便放杯箸酒壶之类,随处可摆,移掇亦便。

两部书,充分印证了雅趣不分贫富。

富有富的排场,穷有穷的尊严,各得其乐,难说谁比谁更幸福。

细腻、讲究、艺术化,是两幅生活图景的共通之处,生活琐事中的闲情逸致，也是江南灵秀水土的人文特征，又因作者所处时代、家世地位的不同，呈现出迥异的风貌。一位是上流名士，一位是下层文士，都得力于红颜知己的打理经营，过着各自最体面的日子。

"天下之至文，未有不出于童心焉者也"，"穿衣吃饭，即是人伦物理"——三百年后的今天，花鸟鱼虫的闲情之乐、生活之趣，在现代人、现代文学中渐渐退出。

上世纪末，同样生于江苏省的作家汪曾祺去世，他被誉为"抒情的人道主义者，中国最后一个纯粹的文人，中国最后一个士大夫"，散文作品《蒲桥集》《孤蒲深处》《人间草木》《旅食小品》中，还有属于文人生活的敏锐洞察与精致追求，依稀能瞥见冒襄与沈复的影子。

细品岁月，百事从欢，慢日子酝酿的"慢文字"，就这么一去不返了。

4
士子

两本书，出自两个不同时空的士子之手，也折射出明清两代的社会变迁。

《影梅庵忆语》中，以冒襄为代表的名士处于社会上游，他们与秦淮名妓的交情，是烟火人间外的旖旎光色；而《浮生六记》，在相当程度上真实客观地反映了下层文士的境遇——他们为生计所迫，过着四处游幕经商的漂泊日子。士商之间开始融合，读书人亦儒亦商屡见不鲜。沈复夫妇发出"求亲不如求友"的感叹，说明血缘关系趋于淡薄，社会开始缓慢转型，士大夫的社会责任感渐趋弱化，价值取向呈多元化趋势，文人士子的生存方式和状态不再那么单一了。

《影梅庵忆语》的作者冒襄，在当时已有不小的知名度和影响力，加上董小宛艳名在外，使得这本书天然具备爆款属性。此外，冒襄的多数作品被有心人保存收藏，流传至今。冒襄不难研究——朋友人脉广泛，名士交往诸多，家谱子嗣清晰，生平留痕无数。

沈复和他的《浮生六记》就不一样了——他就是个无名之辈，人脉交际多是与下层士子商人，妻子陈芸也是个普通的女子。这部作品原本湮没无闻，后经俞平伯、林语堂等人推崇才为人知晓，且原稿早已不全。前人对《浮生六记》的研究多着眼于芸娘这个女性形象，还有散佚的后两卷。改革开放以来，研究者逐渐增多，并将注意力放到沈复所处的时代背景、社会风貌及其生平中。

沈复,字三白,号梅逸,生于清乾隆二十八年(1763)江苏苏州的商贾家庭,也算得上是姑苏城沧浪亭畔的士族文人之家,自幼喜欢吟诗作赋、书画艺术。乾隆四十二年(1777),十四岁的沈复随父亲离开家乡,到浙江绍兴求学,之后在安徽绩溪、上海青浦、江苏扬州、湖北荆州以及山东莱阳等地做过幕僚。历经十数年光阴,一度朝不保夕,经过商卖过画,饱尝颠沛流离之苦。幸在最艰难的岁月里,有志趣相投的贤妻陈芸扶持,日子倒也过得不乏情趣。乾隆四十九年(1784),沈复随父恭迎圣驾南巡,沈家时来运转,沈复便回到老家苏州从事酒业。不久后,妻子陈芸因病过世,沈复于悲痛中远走四川,从此不知所踪,卒年不详。

冒襄参加过六次科举,屡败屡战;沈复这个游幕文人却早早放弃了科举之路,读书不谋仕进,对功名毫无兴趣。

十八世纪,正值乾隆盛世,中国人口有了大幅增长,但科举名额并未增长。分子不变,分母翻倍,机会就少了。从数据上看,明朝通过科举考试的学者中,有近半数来自平民家庭,到了清朝不足百分之二十,这意味着大部分人终生与功名无缘。阶级固化,社会地位流动性差,下层的士子若无法通过努力平步青云,只能饱尝挫折与失败。"学而优则仕"的路行不通了,努力无望的结果,就是从心里排斥政治,远离权力,放弃幻想,营造私人的小天地,呵护自己的小理想。

> 萧爽楼有四忌:谈官宦升迁,公廨时事,八股时文,看牌掷色。有犯必罚酒五斤。有四取:慷慨豪爽,风流蕴藉,落拓不羁,澄静缄默。

沈复游幕纯为生计,收入微薄,精神自由,但物质不自由。苏杭民俗文化繁荣,社会风气闲适,特定的环境造就了沈复,也造就了一群沈复。他们竭尽全力地生活消遣,醉心于花花世界,放浪挥霍着,软糯风流着,脑子里毫无抗争奋斗的观念。

沈复在广州经商时,生意做得不错,货卖得很快,按理说应该立即启程返家。但是他只顾着自己花销,今朝有酒今朝醉,抛家舍口沉溺于妓院小半年,豪掷了一百多金,没想着给老婆孩子存一点儿。要不是妓院老鸨以娶妾相逼,恐怕沈复还是归期渺茫。

陈芸死后,沈复饥寒交迫,无以为继,时常去哭坟,乞求她在天之灵垂怜,让他有件厚衣服穿。

> 复至扬州,卖画度日。因得常哭于芸娘

之墓，影单形只，备极凄凉。且偶经故居，伤心惨目。重阳日，邻冢皆黄，芸墓独青。守坟者曰："此好穴场，故地气旺也。"余暗祝曰："秋风已紧，身尚衣单，卿若有灵，佑我图得一馆，度此残年，以待家乡信息。"

沈复就像个巨婴，一直向命运索要糖果，油瓶子倒了都不扶。得意了不留后路，失意了呜呼哀哉，没担当没能力，更没有清醒的自我认知。

"人生坎坷何为乎来哉？往往皆自作孽耳。余则非也，多情重诺，爽直不羁，转因之为累"，他觉得自己的悲剧源自厚道。正如他把陈芸的死归结于别人忘恩负义的叛逃，缄口不提自己的窝囊。

沈复的"可憎可怜"，也是《浮生六记》的可爱处。《浮生六记》中毫不讳言人生窘境，毫不粉饰家庭矛盾，笔触坦白真率，叙事更接地气。

抛去性格成分，沈复与陈芸之悲情，也有封建社会家长制压迫的原因。虽正值和平年代，没有战乱流离之苦，可由于自我诉求跟家庭要求的冲突，沈复无可避免地深受其害，在宗族矛盾中被驱逐出家门。

回顾沈复和陈芸的结缘，并非传统的"父母之命，媒妁之言",他们属于自由恋爱,这本是个好的开始。

> 随母归宁,两小无嫌,得见所作,虽叹其才思隽秀,窃恐其福泽不深;然心注不能释,告母曰:"若为儿择妇,非淑姊不娶。"

那一年沈复十三岁,连夜随亲人送嫁,饥肠辘辘又嫌枣脯太甜,陈芸就悄悄把他拽进房间,给他吃暖粥。后来,沈复出痘卧病,陈芸虔心吃斋,为他祈福祷告,情真意切,可见一斑。结婚以后,他们有许多共同语言,"其癖好与余同,且能察眼意,懂眉语,一举一动,示之以色,无不头头是道"。

小两口日子过得拮据,时不时地拆东补西。久而久之,一家子人都看不上他们了,"先起小人之议,渐招同室之讥"。起初大家都叫陈芸"三娘",后来就都改口称"三太太"了。

沈复的父亲在外工作,身在异乡倍感孤独,挨不住寂寞,便动了纳妾的心思。陈芸好心帮公公物色佳人,谁知这事不偏不巧,给婆婆撞个正着,婆媳关系跌至冰点。而后,沈复的弟弟又惹了祸,陈芸写信给夫君,却被公公误会为"诽谤小叔",还因为信中对其称谓不敬,将陈芸扫地出门。

待关系缓和,两口子又搬了回来。陈芸日夜操劳贴补家用,又因为结交妓女被高堂指责,陈芸的弟弟流亡在外又杳无音信,终于血疾发作,卧病在床,"刀圭无效,时发时止,骨瘦形销",老人对她"憎恶日甚"。——陈芸在家里更不招人待见了。

再度流亡,陈芸寄人篱下,身体已经不堪折腾。为了活下去,两人变卖零碎、讨要旧债、跟朋友借钱,想尽了法子。陈芸终于郁结难解,命归黄泉。沈复没钱给亡妻下葬,"承吾友胡省堂以十金为助,余尽室中所有,变卖一空,亲为成殓"。

家庭的矛盾远未停止。沈复获知父亲生病的消息,回去的时候,父亲已经离世。他的弟弟心怀忌惮,怕沈复来分家产。

> 余因呼启堂谕之曰:"兄虽不肖,并未作恶不端。若言出嗣降服,从未得过纤毫嗣产。此次奔丧归来,本人子之道,岂为产争故耶?大丈夫贵乎自立,我既一身归,仍以一身去耳!"言已,返身入幕,不觉大恸。叩辞吾母,走告青君,行将出走深山,求赤松

子于世外矣。

沈复扬长而去，寄住在僧庙佛堂之中，从此跟家族再无瓜葛。

著名社会学家潘光旦在《中国之家庭问题》中写道：

> 大家庭之人数最多，故其第一任务在求分子间之相安无事，即求秩序与和平之维持；惟其如此，故治家之权不能不集中于一人——家长，而个人活动之范围，日趋狭小，甚或不能作充分之发展，而尽其社会之效用。

封建家长制镇压捆束下的婚姻制度，造成了许多爱情婚姻悲剧。

乐府诗《孔雀东南飞》中，焦仲卿与刘兰芝的悲剧缘因专横的焦母。焦母痛斥"此妇无礼节，举动自专由。吾意久怀忿，汝岂得自由"。面对家长的偏见，两人都不敢违逆，只落得"揽裙脱丝履，举身赴清池""徘徊庭树下，自挂东南枝"的结局。

南宋诗人陆游与才女唐琬情投意合，怎奈陆母认为唐琬耽误陆游前程，并且进门一年未有孕，命令儿子休掉了唐琬。流传千古的《钗头凤》中，"东风恶，欢情薄。一怀愁绪，几年离索"，寄托了陆游无限的怅惘。母命不可抗，只能空叹"错，错，错"。

沈复的境遇也是这样。如果不是宗法大家庭的偏见与禁锢，他和陈芸就不会招致逐出家门的恶果。

沈复、冒襄都有文人士子崇情且薄情的共性，也都有各自的特殊性和代表性。冒襄身逢改朝换代、盗贼蜂起的乱世，历经家国破碎重组，人生课题更为恢宏，跟董小宛的缠绵情事，也是苟安时的昙花一现。沈复则更为软糯平庸，他更像一个被生活折磨，被家人厌弃，被世界忽略，又执迷自欺的普通人。

5
文法

佳作对美好的表达，总有惊人的默契。

两本书里都有"赏月"的段落，也都表达了相似的心情。如《浮生六记》中载：

> 是夜月色颇佳，俯视河中，波光如练，轻罗小扇，并坐水窗，仰见飞云过天，变态万状。芸曰："宇宙之大，同此一月，不知

今日世间,亦有如我两人之情兴否?"余曰:"纳凉玩月,到处有之。若品论云霞,或求之幽闺绣阁,慧心默证者固亦不少。若夫妇同观,所品论者恐不在此云霞耳。"未几,烛烬月沉,撤果归卧。

有几人如你我一样,能静观月色的美妙呢?这样的心情,与《影梅庵忆语》遥相呼应。

盖夜之时逸,月之气静,碧海青天,霜缟冰净,较赤日红尘,迥隔仙凡。人生攘攘,至夜不休,或有月未出已鼾睡者,桂华露影,无福消受。

情怀如出一辙,至于两本书的文法技巧跟表达色彩,则迥然相异。

冒襄作为上层士子,自幼饱读诗书,热衷引经据典,各种比喻引申信手拈来。全篇出现的诗词数量多达十余首,有摘用前人的,也有自己和友人的伤怀之作,以诗传情,含蓄规整,营造了古典清正、诗情画意的浪漫氛围。

小宛穿新衣,冒襄形容其胜过"张丽华桂宫霓裳",

还有"金错""泉布"代指钱币,"军持"是梵语中的净瓶,"金茎仙掌"代指甘露,"泓颖"指砚与笔,"隃糜"指墨等;一轮月亮都能引出"倚影为三""波烟玉""淫耽""无厌""化蟾"等语;煮茶一节,更是从左思到苏轼,将小宛之美态渲染得似仙宫神女一般:

> 余每诵左思《娇女诗》"吹嘘对鼎䥶"之句,姬为解颐。至"沸乳看蟹目鱼鳞,传瓷选月魂云魄",尤为精绝。每花前月下,静试对尝,碧沉香泛,真如木兰沾露,瑶草临波,备极卢陆之致。东坡云:"分无玉碗捧蛾眉。"余一生清福,九年占尽,九年折尽矣。

对比《浮生六记》里的茶,当真是煮出了浓浓的人间烟火气。

> 芸笑曰:"明日但各出杖头钱,我自担炉火来。"众笑曰:"诺。"众去,余问曰:"卿果自往乎?"芸曰:"非也,妾见市中卖馄饨者,其担锅、灶无不备,盍雇之而往?妾先烹调端整,到彼处再一下锅,茶酒两便。"余曰:"酒菜固便矣,茶乏烹具。"芸曰:

> "携一砂罐去,以铁叉串罐柄,去其锅,悬于行灶中,加柴火煎茶,不亦便乎?"余鼓掌称善。街头有鲍姓者,卖馄饨为业,以百钱雇其担,约以明日午后,鲍欣然允议。明日看花者至,余告以故,众咸叹服。

大意是说,陈芸为了让沈复和他的朋友们赏花野炊,便去市场搜集锅灶,还带了个砂罐,用铁叉串着,悬在火上煎茶。比较《影梅庵忆语》,简直就是宫廷剧和农村剧的画风差异。这差异也来自沈复的行文风格:骈散并用、活泼清爽、明晰易懂、不事雕琢,与文章所表现的普通人的生活质感形神相称。

沈复与陈芸虽然偶尔也对诗,但话题更多是人之常情,"俗"多于雅,从臭腐乳、虾卤瓜中,也能总结出有趣的道理。沈复不爱吃,陈芸就逼他吃,两人你一言我一语,唇舌过招,充满了烟火气息——又是蜣螂,又是狗,又是粪便,又是丑,最后归结为质朴的生活哲学。

> 芸曰:"腐取其价廉而可粥可饭,幼时食惯。今至君家已如蜣螂化蝉,犹喜食之者,不忘本也。至卤瓜之味,到此初尝耳。"余

曰:"然则我家系狗窦耶?"芸窘而强解曰:"夫粪,人家皆有之,要在食与不食之别耳。然君喜食蒜,妾亦强啖之。腐不敢强,瓜可掩鼻略尝,入咽当知其美;此犹无盐,貌丑而德美也。"余笑曰:"卿陷我作狗耶?"芸曰:"妾作狗久矣,屈君试尝之。"以箸强塞余口,余掩鼻咀嚼之,似觉脆美;开鼻再嚼,竟成异味,从此亦喜食。芸以麻油加白糖少许拌卤腐,亦鲜美;以卤瓜捣烂拌卤腐,名之曰"双鲜酱",有异味。余曰:"始恶而终好之,理之不可解也。"芸曰:"情之所钟,虽丑不嫌。"

笼统概之,在语言运用上,相较于冒襄的典雅清正,沈复更近于现代,更敢于"俗气"。从《影梅庵忆语》到《浮生六记》,可以看到忆语体散文的通俗化转变。

《影梅庵忆语》和《浮生六记》作为明末清初忆语体散文的典型代表,本质都是写真人、真事、真情,手法都灵活恣意,既不遵循时间顺序,也不讲究起承转合,更不强求事件完整,仅以情感为线索,将回忆碎片粘连成章。
  但在结构铺排上,冒襄和沈复做了不同的选择。

《影梅庵忆语》全文共计三十九则，随忆随写，一气呵成。之后的《香畹楼忆语》和《秋灯琐忆》等忆语体作品也都借鉴了此种叙事结构。而《浮生六记》的创作者，自主将文字分为几大章节，拓展了作品的容量与内涵，每一卷都有不同的主题侧面，把人生经历和生命感悟分为几个色块，时间空间有错落重叠的部分，内容上又相互照应，偶有因果连脉。

　　第一卷《闺房记乐》，记与陈芸相识、相爱、相处的过程。文章中段记叙了两人在中元节的惊悚经历，一句"真所谓乐极灾生，亦是白头不终之兆"，点破了两人生离死别的结局。本卷结尾，"芸竟以之死"，提前道出了陈芸的死因之一。

　　第二卷《闲情记趣》，回忆了陈芸在衣食住行中的慧心巧思，在生活情趣的技巧上着墨颇多，与第一卷互为补充。沈复描述寄居萧爽楼品诗论画的神仙日子时，并未提及流寓至此的原因，直到第三卷《坎坷记愁》，才交代夫妻二人因得罪了家长，才被逐出家门暂居于此。

　　沈复在《坎坷记愁》中，提及在广州经商的经历，惜墨如金，详细的历程在第四卷《浪游记快》中才加以细述。而《浪游记快》又明显有别于前三卷，跳开悼念亡妻的主题，只讲山水游玩之乐，不叙事，不言情，是典型的游记小品。后两卷内容究竟为何，今人已无缘得见，无法从宏观架构上进行研究了。

除此之外,《浮生六记》中有更大篇幅的景物描写,提及不少名胜古迹,如沧浪亭、虎丘等,至今去苏州游览,依然大名赫赫。沈复在文中说,这些不过是在记录实情实景,如果不落在笔纸上,就辜负了苍天的厚待。而冒襄的《影梅庵忆语》发生于改朝换代的山河破碎之际,对流亡惨状的着墨较多,对亭台水色的描摹甚少,何况他是诗人,关于水绘园的题咏有千言万语,不必兼顾于回忆录中。

《影梅庵忆语》和《浮生六记》有"齐名"之誉,容易给以大同小异的误判。

在比较中阅读,冒襄和沈复各自的独到处,反而更加彰显。

6
映照

到了现代,如开篇所说的《亡人逸事》,同样是从真实的生活细节着笔,融写事抒情于一炉。孙犁夫妇也属于封建婚姻,是靠牵媒拉线说成的,之后四十年相濡以沫,孙妻吃苦耐劳，粗活也干，女红也做。农村的生活环境下，男尊女卑的意识并未完全剔除，因而从这篇散文中，还能看到古忆语文中贤良女性的形象。同《影梅庵忆语》和《浮生六记》一样，也有"异象"铭证情感——孙犁在写文之前，夜夜梦到亡妻，想摆脱而不得，盘算着大去之期不远，马上要在另一个世界重逢了。

同时，《亡人逸事》也带着明显的现代特征。孙犁曾是中国作家协会理事，文风清新悠远、平淡质朴，语汇完全是通俗的白话文；封建社会体制完全被消灭，男女平等、一夫一妻的变革，给婚恋关系提出了新的道德要求；孙犁出身于农村，没有纨绔子弟的自视清高，德行坚守令人佩服，莫言曾评说他"恪守文人的清高与清贫"，让后辈"高山仰止"。对夫妻生活的记述态度，孙犁除了感激、怀念，还有平等的关照与愧疚。

> 我们结婚四十年，我有许多事情，对不起她，可以说她没有一件事情是对不起我的。在夫妻的情分上，我做得很差。正因为如此，她对我们之间的恩爱，记忆很深。

这种深刻的反省，是冒襄和沈复都做不到的。

回忆爱侣的好文章,不只一个"情"字——它有深刻的历史成因、文化内涵。著名作家巴金先生的《随想录》中,有《怀念萧珊》一文。

> 有一个时期我和她每晚临睡前要服两粒"眠尔通"才能够闭眼,可是天刚刚发白就都醒了。我唤她,她也唤我。我诉苦般地说:"日子难过啊!"她也用同样的声音回答:"日子难过啊!"但是她马上加一句:"要坚持下去。"或者再加一句:"坚持就是胜利。"

没有记录就没有发生,特定历史时期的个体悲剧,因记录而留下沧海可见的一粟。巴金记录的是亡妻萧珊,他们蒙受残酷的迫害,惨遭非人的对待。萧珊患癌症住院,巴金不能去探望,没能见上最后一面。萧珊去世三年后,巴金才获许把萧珊的骨灰捧回。巴金将妻子的骨灰放在自己的枕边,每夜共眠,成此《怀念萧珊》。

天下有情人,半路分别者有,一起走到人生边儿上的也有。

著名作家杨绛以九旬高龄,将她的婚姻与家庭写成长文,这便是纪念先生钱锺书、女儿钱瑗的《我们仨》。关于深爱的丈夫，杨绛用虚实互补、虚实相生的笔法，将数十年的相依为命、守望相助化作"万里长梦"。书名不再是谁谁、哪儿哪儿，而是"我们"，这个黏结性的人称代词，将生者死者紧紧抱住，互为家人，不可分割。

杨绛出生于世家，教育环境传统保守。她一心向学，二十一岁那年在清华大学借读，遇见了钱锺书。感情的开局很奇妙，钱锺书说："我没有订婚。"杨绛对答："我也没有男朋友。"三年后，两人结婚了。

这对夫妇去英国、法国留学，开了眼界，也见了世面。在《我们仨》中，两人的对话出自典型的现代夫妻，关系平等，思想解放，杨绛对丈夫时常有满怀爱意的诙谐调侃。

> **锺书谆谆嘱咐我："我不要儿子，我要女儿——只要一个，像你的。"我对于"像我"并不满意。我要一个像锺书的女儿。女儿，又像锺书，不知是何模样，很费想象。**

"最贤的妻，最才的女"，丈夫的评价，给杨绛一个奇妙的定性，称她"绝无仅有地结合了各不相容的三者——妻子、情人、朋友"。

私以为，在当事人主笔的夫妻纪实文学中，《我们仨》的境遇、境界，达到了前所未有的理想高度。自宋代的李清照，历经千年流转，叙事视角又一次落回女性笔者，并达到了同类题材的巅峰。

从"窈窕淑女，君子好逑"，到"贱妾留空房，相见常日稀"。

从"马嵬坡下泥土中，不见玉颜空死处"，到"山盟虽在，锦书难托"。

从"委此身如江水东下，断不复返吴门"，到"良辰美景，不放轻过"。

从"我做得很差"，到"坚持就是胜利"，再到"我不要儿子，我要女儿"。

恋爱、婚姻、相守、相离……或是才子佳人，或是帝王宠妃，或是名士名妓，或是布衣夫妻，他们上演着一幕幕贪欢遗恨，于字里行间音容长驻、鲜活不朽，留下无数笑语、喟叹。一个个动人的传说，在中国文学史中璀璨生辉。

历史塑造着他们的故事，他们印证着历史的走向。千古文章是给后人的书信，帮助今人在时空的往返对望里，揭开繁华里的悲凉，鼎革时的隐秘，苦寒时的暖意，品读着人类最本能的七情六欲。

今时今日,再捧起《影梅庵忆语》,它已经不是简单的冒辟疆与董小宛;再看《浮生六记》,也不只有沈复与芸娘。

它们连缀起一片星河。

◆◆◇ 《影梅庵忆语》年谱

◆ 公元1639年，己卯

　　冒襄与董小宛初见。

◆ 公元1640年，庚辰

　　冒襄滞留影园，欲再访董小宛，因其去西子湖，未遇。

◆ 公元1641年，辛巳

　　冒襄过半塘，董小宛身在黄山，未遇。
　　冒襄初访陈圆圆。

◆ 公元1642年，壬午

冒襄寻陈圆圆而不得，于双成馆中同董小宛重逢。

董小宛一路追随冒襄，最终被拒，分道扬镳。

得钱谦益相助，董小宛抵达如皋，被冒襄纳为妾室。

◆ 公元1643年，癸未

董小宛在冒家侍左右，服劳承旨，较婢妇有加无已。

◆ 公元1644年，甲申

甲申事变，时值战乱，冒襄举家逃难，流寓盐官。

◆ 公元1645年，乙酉

冒襄集书，小宛编《奁艳》。

而后再遭离乱，数度迁徙，饥寒风雨。

◆ 公元1646年，丙戌

客居海陵，亲手制香。

小宛偶读唐诗，和成八绝，哀声怨响。

- ◆ 公元1647年，丁亥

  冒襄重病，久拖奇疾，血下数斗，小宛悉心照料。

- ◆ 公元1648年，戊子

  七夕镌金钏，以"覆祥"对"乞巧"。

- ◆ 公元1649年，己丑

  冒襄再患重疾，疽发于背，复如是百日。

- ◆ 公元1650年，庚寅

  冒襄发怀家之梦，梦中小宛离世。

- ◆ 公元1651年，辛卯

  董小宛病逝。

  冒襄书哀辞，悼亡妾，不久后著《影梅庵忆语》。

◆◆◇ 董小宛诗作精选

楷书秋闺扇面诗拾壹首

其一
幽草凄凄绿上柔,桂花狼藉闭深楼。
银光不足供吟赏,书破芭蕉几叶秋。

其二
残柳凋荷绿未沉,一池清水澈如心。
楼前几日无人到,满地槐花秋正深。

其三
白日吹人无所思,独来窗下理红丝。

手擎刀尺瓶花落，数点天香入砚池。

其四
稠烟迷望不能空，满地犹含绿草风。
乱竹繁枝多少意，满园花落忆春中。

其五
修竹青青乱草枯，留连西日影相扶。
短墙微露高城色，远处疏烟入画图。

其六
飘枝堕叶此烟中，残鸟啼秋声亦同。
错认桃花满青行，依稀白鹭栖丹凤。

其七
侵晓开香湿绣巾，满天犹带月华新。
此中随意看秋色，采得名花赠美人。

其八
小庭如水月明秋，天远窗虚人自愁。
多少深思书不尽，要知都在我心头。

其九
无事无情亦未闲，孤心常寄水云边。

今宵有月无人处,高讽南华秋水篇。

其十
满畦寒水稻初黄,细鸟归飞集野棠。
正是好怀秋八九,桂花枝下饮清香。

其十一
风前一叶巧迎秋,露气蟾光净欲流。
楼上有人争拜影,巧丝先我骨衣俅。

绿窗偶成

病眼看花愁思深,幽窗独坐抚瑶琴。
黄鹂亦似知人意,柳外时时弄好音。

一柄象牙彩蝶

独坐枫林下,
云峰映落辉。
松径丹霞染,
幽壑白云归。

与冒辟疆

事急投君险遭凶,此生难期与君逢。
肠虽已断情未断,生不相从死相从。
红颜自古嗟薄命,青史谁人鉴曲衷。
拼得一命酬知己,追伍波臣作鬼雄。